U0126611

黄永玉

作品

还有
谁谁谁

黄永玉————

著

作家出版社

序

今天是癸卯正月十五，等一下还会有不少朋友来吃晚饭，这一吃，就算是跟壬寅年再见了。

手边还有十来篇写过的文章，性质像《比我老的老头》。起个名字，干脆叫做：《还有谁谁谁》。

出这本书之后到一百岁我还要开个画展，起码还要忙三四张画。大概，大概就没有时间再写文章了。现在离一百岁还有一年多时间，今天是正月十五，到七月初九可过满九十九，然后是逐步接近一百岁的一天一天爬下去；所以时间还有的是，供我把三四张画画完。万一活不到那个时刻，看不到自己的画展，当然有点遗憾，那是老天爷的意思，谁也帮不了忙。

这本书献给我亲爱的女儿黑妮，多谢她日日夜夜照顾我这副病身。

老爸九十九岁过程

目录

体育和男女关系

　　我小时候喜欢打架，曾经在北门文星街上称过王。后来跟师傅学拳，更觉得自己了不起。十二岁离家时常靠拳脚保护自己不受欺辱。解放后，一九五三年从香港回到北京，不敢再提起拳脚的事了。八十年代和人从家乡探亲回北京，火车上买到一本拳术杂志，一篇长文章提到朱国福师傅的故事，没想到他当年竟是个首一首二全国性的大人物。我有幸在凤凰县做过他的入门弟子，磕过头。我那时才七八岁，跟他只学过"初级腿法"和"十二路谭腿"。他公务缠身，陈渠珍先生请他在南华山办"精武学堂"，教的是陆军三十四师军官们的"军武功"，哪顾得上我的课？这刹那不到一年的师徒关系连满足家父的痴心妄想也不够，就这样算了。后来家父外出谋事，大院子空荡荡的，几位好武的街坊叔伯们借我家这块地方开了武场子，请来一位七十多岁瞎了双眼的田瑞堂师傅，七八个大人带我一个小孩搭起挂得上四口大沙包的木头架子，正正经经练起把式来。

听说田师傅五十多、六十岁的时候当过正式的土匪，让人围剿的时候背着近九十的老母往山岗上逃跑。后来宣布洗手不干，交代完事情，住回城里的老屋里头。

这好像当年的北洋军阀吴佩孚他们"下野"一样，说洗手不干，"门前清"，往租界一住，就不再跟他原先那些老账了。为什么那么简单？我至今不明。

学校的体育课，直到念中学我都不怎么挂心，唯一差堪光宗耀祖的勋业是在十三岁那年全校运动会中得过"混合女子少年组、丙级铅球冠军"。

田径方面更谈不上，甚至连知识也时常混乱。前几年看世运电视，冠军一百米跑十一秒，我诧异之极，认为几十年前我中学时代早就跑过只差两秒多一点的尺码，十四秒几，而且并非冠军，听的人很佩服惊讶。

几分钟过后自己清醒了一点，才发现跑的是五十米的纪录。

可以谈谈的是乒乓球。那时的乒乓球拍只有在上海商务印书馆才买得到。拍板子中间有筷子尖粗细、菱形排列的洞眼九个。闻起来有股松木清香之味。

乒乓球就不用说了，是两个半圆粘起来的；浑圆一体乒乓球我还是抗战胜利后才有幸见到。那种半圆粘成的球体常常为胜败造成意外不幸。

我小时候就玩乒乓球，学校还有一定规格的桌子。可惜学校当局常常把桌子派作别的用场，日子久了，弄得桌面凹凸不平。小小孩子居然从这里找到锻炼适应性的机会。

还不止此。上课铃一响，趁大家奔回教室的刹那，在彼方桌面拉一泡尿，湿了桌面的弹跳力，以便下课之后好好制服桌子对面的某某人。

以上就是我最早的一点点体育经验。

我一辈子只买过一张看球票，美国哈林篮球队到香港的表演。以后除了拳击、摔跤、搏击舍得花钱之外，白送票我也不去。

电视机没流行的时候，全人类大部分人都用耳朵代替眼睛，叫做"听足球"。辛苦了体育栏的广播先生在这长岁月付出的年华青春。

年轻人可能难以想象世界文明是如此过来的。

北京城的老出租汽车司机最受益这种广播。一天到晚枯坐在驾驶位置上，足球声音是他唯一的安慰。

如今家家有了电视和影碟设备，我喜欢搏斗、摔跤和拳击。这种偏爱的不正常跟酗酒倾向接近（虽然我一点酒也不能喝），有点忘形，有点"犬儒"味道，就不在这里多言献丑了。

电视没有拳击、搏斗、摔跤方面节目时，其他球类比赛我还是看的。既然看了，不免就接触到一些花边新闻。说的是男足和女足的一些问题。

在我，凡是有中国女足比赛节目我必看。赢也好，输也好，看完之后总是满腔华彩的快乐，衷心赞美我们这些女孩代表的中华民族的英雄气质。听说她们待遇不高，更增加我的敬仰。

公正无需提醒，否则侮辱公正。

世界足球比赛的胜利不是靠人多或钞票堆出来的。想起那三十几万人口的冰岛国，世界足联坐次排行二十二，

中国为七十三。球队成分——主帅是牙医，前锋是游戏机管理员，门将是电影导演，中锋是手球队员、房地产商，后卫是开飞机的，中后卫是学生，一个临时凑成的队伍，最近的这场世界足球比赛出尽了风头。

看得出，培养一个体面争气的足球队比培养一位科学家难。祖国之所以如此强大是因为科学家底子厚，精锐不断地涌现；足球不行！李惠堂、容志行这类人的确难找。

足球和科学问题，知识有限不敢多讲。正说到这里，忽然听说那位意大利国足教练里皮又辞职走了。（前回走过一次，这次所以说"又"）哈哈，我们哪位聪明的国人给您起这个有趣的中国名字？难怪你面对中国足球的为难境界做的这个非走不可的决定。《晋书》里有四个字叫做"皮里阳秋"，意思是嘴巴虽无所谓而心里却大有褒贬，你看看，这四个字有一半像是千多年前为你预备的。

教练，教练！要是都像中国女足球队的状态，请你老远从意大利来中国干吗？

之所以请你来，就是要你来帮我们赢球。

你见输就溜，足见你已经清楚自己不是神仙了。

中国有一套话："早清楚比晚清楚好，晚清楚比不清楚好"，既然清楚了，走了也好。那就拜拜吧！本老头转过身来不免又赞美起我们自己的足球、排球、乒乓球……女孩们来，有出息！自有人类以来，所有女孩子都有个做妻子、做妈、做婆婆的过程。层层辛苦须要度过，加上封建社会时空的束缚，一部厚得不能再厚的血泪史。今天的女孩们在各种岗位上取得了光耀，真是不容易啊：看看那个江青，也是从快乐活泼天真的道路走过来的。她有过对世界真诚的经历，谈过恋爱，结过几次婚，在新社会，这算个什么事啊？她已经是思想解放的带头人了。她厌恶自己的过去，她也不希望大家知道她的过去。她生活在回忆的魔影里，想方设法掩盖和销毁过去的那些历史痕迹，把多年的老朋友们关的关，杀的杀。哪怕一张当年自己或跟朋友在一起的快乐照片也当成罪证，你看她的封建思想多可怕，自我轻贱到骨髓里了。

古时候（不太古），有不少笑话是轻视女性的，也有一些勉强为妇女出气的笑话。

好朋友们同住一个城里。一家生了个男孩，大家就齐声祝贺"恭喜！恭喜！"。过些时候另一家生了个女儿，大家就说："也好，也好！"

有天县太爷夫人坐"四挺拐"的轿子从街上经过，生女儿的人告诉大家："看！看！四个'恭喜'抬一个'也好'！"

一个怕老婆的大官年轻的时候做"扬州太守"。风流成性，花天酒地，不约束自己。忽然接到急报，老婆从北方长安来了；心慌没完，又接到急报，黄巢造反从南方来了。两头一夹，急得不知如何是好！一个部下贴耳劝告他："我看你投降黄巢算了！"

绀弩先生抗战时期写过一篇文章《论怕老婆》，眼光独到。认为一些怕老婆故事是男人一种千百年来封建社会欺压妇女的"假民主"手段。什么时候妇女真的扬眉吐气过？怕老婆故事能掀起多高尘埃？

想起二十几年前意大利的一个特别新闻。

一位长得非常漂亮的女士、诨名"小东西"的"成年人半夜节目"主持人，被选为意大利国会议员。

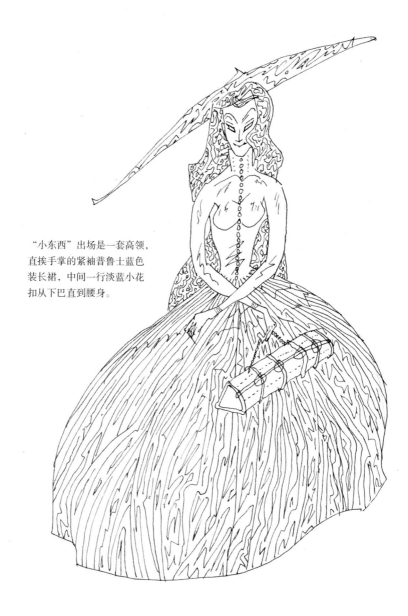

"小东西"出场是一套高领，直挨手掌的紧袖普鲁士蓝色装长裙，中间一行淡蓝小花扣从下巴直到腰身。

这可不是个开玩笑的事。连美国、西班牙、法国都轰动起来。登报纸头条，电视上要闻，群起研究这位肉感巨星凭什么条件从江湖爬上廊庙？那批电视的"夜半成人观众"竟能有如此这般的选举威力？接着讨论热浪转移到猜想"小东西"踏进议会第一天如何打扮？甚至，有人认为她会穿"三点式泳衣"。

那天到了。"小东西"出场是一套高领，直挨手掌的紧袖普鲁士蓝色装长裙，中间一行淡蓝小花扣从下巴直到腰身。全场男议员无不注目起立致敬。

我睡觉晚，看搏击、摔跤、拳击节目有时拖到半夜十二点。电视没有就看碟片，入神之处禁不住手舞足蹈。

美国自由搏击是难以想象的。我不喜欢人在旁边自以为是地说："那是假的！""你怎么知道那是假的呢？上万的现场观众看不出就让你电视上发现了？你作一点这种假让我看看！扯淡！"

这搏击运动简直不是人做的，经得住那么的打击？尤其是那些女搏击手，狠劲一点也不输于男人。那么好一副容颜和匀称身段，何事不可为？要去干这种暴烈的体育营生?"幸好这辈子走运没讨这种老婆!呵呵呵!"举杯喝一口甜茶庆幸!

二〇一九年十一月二十八日于北京万荷堂

只此一家王世襄

王世襄是一本又厚又老的大书，还没翻完你就老了。我根本谈不上了解他。他是座富矿，我的锄头太小了，加上时间短促，一切都来不及。

那时候大家都在同一性质的生活里行色匆匆。

我初来北京，近三十的人还那么天真烂漫。上完课没事的时候，常到《人民日报》、《文艺报》、文联、中宣部、外交部、人民文学出版社、外文局、《世界文学》……去找以前的熟人。抗战八年，福建、江西、广东以及抗战胜利后的上海、香港的老熟人。那些人也高兴，不嫌我突然的到来给他带来纷扰。

熟人说："人家上班，你去聊天，让他对公家不好交代。"我说："有这番讲究的老熟人，我怎么会去自讨无趣？"（以后的日子，这类熟人倒是真没碰到过。）

或许好多老朋友都知道我在北京，想见我还找不到门牌咧！

起码大家都了解我是个专心刻木刻的人，使用"时间"比较专一。家庭玩意儿也多，总想着平平安安过日子。

有朝一日告别世界的时候我会说两个满意：

一、有很多好心肠的朋友。

二、自己是个勤奋的人。

五十年代初，苗子、郁风原住在西观音寺栖凤楼，跟盛家伦、吴祖光、戴浩他们一起，好大一块上上下下的地方。后来搬了，搬到跟我们住的大雅宝胡同不远的芳嘉园。张光宇先生原是中央美术学院工艺美术系的教授，住在煤渣胡同美院的教职员宿舍里，也跟着苗子郁风兄嫂一齐搬到芳嘉园去。

从此以后我常去芳嘉园拜见光宇先生。光宇先生住西厢房，北屋是一位在故宫工作的王世襄居住。这三边屋都有走廊连着，北和西的拐角又加盖了一栋带瓦的玻璃房，是王世襄买了一座古代大菩萨进不了屋，安排大菩萨在这里。这动作不是很容易学的。

张光宇先生买来本新画册，法国、英国或美国出版的，非洲人的实况记录，很大很厚印刷精美之极的名贵东西。那天我上先生家，张先生特地从柜子里取出来给我看；我慎重地进洗手间洗了手，毛巾仔细擦干。画册放在桌子上，我端正了位置，屏住呼吸一页一页地欣赏起来。

全部黑白单色，摄影家技术讲究，皮肤上的毛孔都看得见。我一辈子难以这种方式，以一本摄影集的方式认识伟大的非洲，非洲的老百姓，非洲的希望。最后一页的心情，像是从教堂出来，忍不住站了起来致谢。

"你看看人家的脑子，人家的手，人家的角度……"张先生说。

"太了不起了。先生哪个书店买的？我也想去买一本。"我问。

"外文书店给我送来的。就这么一本。你犯不上再买一本。让张三李四不懂事的人随便乱翻，糟蹋啦。也贵，近两百块钱（一九五四、五五年的行情），想看，到我这里来看就是。"

我笑起来："价钱真是把我吓一跳；从文化价值讲，区区两百块钱算什么？我要有钱，买十本送好朋友，让大家开阔眼光。我带的这包家乡野山茶，泡出来一杯绿，满口春天味道。先生和师母不妨一试。"

先生说："她上朝阳市场买菜去了，回来我就叫她泡。"

"那边茶具电炉的桌子上什么都有，我来吧！不用等师母回来！"过去一下就安顿好了，只等水开。

这时候西屋走廊进来一个大个子，土头土脑不说话，把手里捏着的一本蓝色封面线装书交给光宇先生：

"刚弄好的，你看看！"

张先生瞄瞄封面，顺手放在桌上：

"好，下午我找时间看。谢谢！"

书就这样放在桌上，就在我眼前，我顺手取过来看看：《髹饰录》，还没看清，那人从我手上一把抽了过去，抽过去你猜怎么样？从容地放回桌上昂然而去。

咦唏！那意思照我们凤凰人揣摩："你狗日的不配看我的书！"

趁他回走转身的时候，顺手拿一样硬东西照他后脑来一下是讲得过去的。又想这是在光宇先生清雅的客厅里，又是共产党领导的新社会。我傻了一阵，醒过来水开了，想到泡茶，我什么动作也没做，想也不再想。泡好两杯绿悠悠的茶喝将起来。

"这茶真像你讲的，她买菜回来会喜欢死了。"张先生说。张先生好像没注意到刚才发生过的事。

"要是明年弄得到，再给你送来。"我说。

（写到这里想起个问题，苗子郁风兄嫂那时候可能还没有搬来芳嘉园，要不然出了这一档子事，我怎么会不转身马上告诉他们两个人呢？）

过了相当长的一段时间，记不清楚和谁去拜望光宇先生，屋里已坐了一些人，还有那位上次失礼的人也在；看见我，马上起身转走廊走了。怎么回事啊？我们以前认识吗？结过怨吗？

转来了。手里捏着本那天同样的书：

"失礼之至！对不住！我王世襄，你黄永玉！请欣赏《髹饰录》，请欣赏。"

没有想到阴云闪电过后的晴天来得这么快。他就是王世襄！好家伙！从此之后我们就经常来往了。

我在好多文章里都提到，我的朋友——"厮辈均介于

兄叔之间，凡此均以兄呼之可矣"的一种特殊状态。

他的兴趣广泛，身体健硕，不少同龄老朋友不大跟得上了。身怀多般绝技的他，显得有点像杰克·伦敦笔下那只孤狼"巴克"，只好在原野作一种长长的孤嚎了。

对我，他一定听错了点什么，真以为我是个什么玩家。我其实只是个画画刻木刻的，平日工作注意一点小结构，小特性，养些小东西而已；我是碰到什么养什么，蛇呀，蜥蜴呀，猫头鹰呀，小鹿呀！没什么体统。

他不同，他研究什么就有一定的专注，一定的深度。务必梳理出根芽才松手。生活跟学问方面，既有深度也有广度，并带着一副清醒严肃人格的头脑。

他说：

"你打猎。我读燕京的时候，好多洋教授也牵洋狗打猎，在河上搭铁桥打野鸭，行事认真，局面单调，十分局限不好玩。我养狗，闷獾子，不打猎，不玩枪。

"先讲养狗。北京城不少人家都养狗；到春天生小狗的时候，我便骑辆单车四城瞎逛。一星期逛一次。逛这么一个把月。全城哪户哪家出生小狗大致都摸清楚了。便挑选有好小狗人家，派家里几个杂工，分别在有好小狗的人家隔壁租间小屋住定，天天坐在门口跟小狗套近乎，喂点好吃东西，乘其主人不注意时一把撸了过来，装进口袋骑车回家。

"这就等于是全北京千家万户为你培养优生小狗。这三四只小狗再一次精选，选剩的送朋友，不会有一个不多谢的。

"养这种大壮狗只有三个用处：一、看门。二、逛庙会。三、闷獾子。北京家里有狗人家，都牵来庙会'显摆'。到那时候，谁还有多余的眼神看别的狗？驴般大的黄狗脖子上套的是当年王爷宝石带滚珠的狗链。我们要的就是这么一番精彩光景。正所谓：'图一时之快。'玩，就是玩的全套过程，探、偷、养、逛的快乐。唉！那时候年青，有的是时间，你看耗费了多少宝贵光阴……"

我完全同意他这个看法：人但凡玩东西，往往只注意结果而忘记过程。人间的快乐往往跟过程一起计算的，甚至是主要部分。比如打高尔夫，花这么多钱入会，难道是仅仅为了把一粒小圆球打进老远的那个小洞去？太阳之下来来回回自软草上下小小走动实际上比那粒破小球进洞重要得多。

养这种大壮狗只有三个用处：一、看门。二、逛庙会。三、闷獾子。
北京家里有狗人家，都牵来庙会"显摆"。

一个人喝闷酒没意思；怎么也不如一桌子朋友猜拳闹酒好玩。好玩在哪里？在那个可贵的胡闹胡说的过程中。跟别的玩意不同的一种特殊老小不分的场合。第二天醒来，各奔东西，什么也不曾发生。

他说：他听说我常到近郊打猎。他说他不搞这洋玩意，只"闷獾"。

"很花时间。往往是凑巧碰见坡上的獾子洞，那就好了，乡下有人报信，某处某处有獾子洞，那就更好。于是约上七八个朋友，带上足够的网子和干辣椒闷獾子去。

"獾子窝，一般说来曲曲折折起码有四五个出入口，留一个洞点火扇扇子燃辣椒之外，其余洞口都要有人把守，留神用网子罩住洞口逮住獾子。

"獾子公母或是鳏寡孤独的獾老汉，獾老娘。

"辣椒一熏就窜出来。

"这类活动自己也忙，满身臭汗，累得像个孙子，还让辣椒熏得自己气都喘不过来。捕得了固然高兴。往往是空手而回。这特别练人的耐烦。

"獾子肉可口，獾油治烫伤，特别一提的是那张獾毯子。

獾子

"野物窝最讲究的是獾子窝。它们每天都要坐在地面，后腿翘起，前腿往前拖动，让屁股来回摩擦地面，老老小小一家都这么干，让居庭之处清洁无瑕。所以说，獾的屁股都光溜溜的，全家的屁股毛都粘在獾的居室里，年深日久，变成一张毯子。当年东四牌楼隆福寺门外街上，常见农村大车上顺便卖这个的。买回家用城里眼光手脚针彩好好打扮，是种相当稀罕有意思的手工艺品。"

他说："年轻的时候我也'架鹰'，上山追兔子、野鸽子。我这方面就是不动洋东西。"

（写到这里我心里也不好过！我不懂"闷獾子"；我打过山羊、兔子、大雁，它们都有家，有伴侣。把残忍行为不当一回事。世界是大家的，人老了才明白这道理，唉！）

（这里要说清个事。世襄兄事后补送的书是《髹饰录》，不是以后多少年正式出版的《髹饰录解说》。记得我当时拿回家后翻了又翻看不懂，只觉得里里外外全部手工装订令人尊敬感动，"文革"抄没了。）

芳嘉园离大雅宝胡同近，他有时候拿一个明代竹根癞蛤蟆给我看，生动精彩之处是伸得很长的那只后脚！

"明朝的，让你玩三天！"

"年轻的时候我也'架鹰'，上山追兔子、
野鸽子。我不动洋东西。"

他有时候拿一个明代竹根癞蛤蟆给我看，
生动精彩之处是伸得很长的那只后脚！

又一次拿来半片发黄的竹节：

"玩三天！明朝的。"

上头什么都没有，半点儿好玩之处都没有，看都不想看，赶紧收起来，以便三天后妥妥当当还给他。

阿姨见了，和我开玩笑说："你不看好，我真不小心把它劈了当柴烧。"

我在隆福寺近东四那条小街地摊上买了只"腊嘴"回来，卖鸟的还奉送一粒小骨头珠子。你只要松开腊嘴颈圈，手指头把珠子往上一弹，腊嘴马上腾空而起衔回来，放回你手掌心。

我叫来院子所有的孩子看我的表演。

我手捏横杆，腊嘴站在横杆上，我松开颈圈，让腊嘴看着我手指上的小圆珠子，就那么一弹，腊嘴果然腾空而起，咬住小圆珠子飞走了。

我问孩子们："你们看见它飞到哪里去了？"

孩子们齐声回答：

"不知道！"

遇到世襄兄告诉他这件事。

"当然，要不然这么便宜八角钱卖给你？这辈子他

臘嘴回家了

吃什么？养这类飞的，不管大小，它只听一个人的话。它会含着小珠子飞回家去。过几天你再上隆福寺小街买腊嘴，说不定还是你买过的原来那只……"

我偶然兴趣来这么一两下，谈不上有资格跟他促膝论道，更不想提鹰鹞和鸽子见识。这方面既无知且无能耐，勉强算一个边缘趣味者而已。

我跟他相识之后，总是会少离多。长时间的分别，心里的挂念仰慕是难免的。他为人磊落精密，在命运过程总能化险为夷。在故宫漫长的工作时期，"三反""五反"运动中，他是个被看准的运动目标。他怎么摆脱掉这个可怕的干系呢？在故宫管的是文物，家中收藏的也是文物，令我想起四川往日民间老头玩笑屙尿诗：

年老力气衰，屙尿打湿鞋。
心想屙远点，越屙越近来。

运动一天紧逼一天，好心同事为他心跳，也有幸灾乐祸的人等着看抓人热闹。他也慌，也乱。眼前正像那个屙尿老头越屙越近来的紧逼阵势。他想起柜子里锁着的那一

年老力氣衰，屙尿打濕鞋，
心想屙遠點，越屙越近來。

四川民歌

大叠贴有印花的发票。拿出来一张发票对一件实物看看能不能救得出自己？想不到百分百的准确，最后得到个"无罪"的判决结果。

我没想到住西观音寺栖凤楼苗子老兄们成右派的同时，芳嘉园的王世襄也一齐应了卯。苗子兄做右派之后有声有色热闹得很；世襄兄只静悄悄地浸泡其中，无声无息。就这样多少年过去了。

以后的日子各家各人的变化都很大。苗子去东北几年，我有个时候去看看郁风。记得第一次收到苗子寄来的明信片，苗子在上面写着"大家背着包袱，登高一望，啊！好一片北国风光……"郁风捏着明信片大笑说："你看他还有这种心情：好一片北国风光！哈哈哈……"这老大姐忘了自己捏着的断肠明信片，自己还笑得出……唉！她一生的宽坦，世间少有！

这时期，我没遇到过世襄兄，也没见到过荃猷大嫂。

又过了多少多少年，苗子从东北回来了。一身褴褛，我们高兴，相拥痛哭。

这日子里，我常在芳嘉园走动，给一把宜兴大茶壶做一个扭结的葡萄提梁；做一对铜镇尺，硫酸腐蚀成凸字长联，用的是昆明滇池孙冉翁的大作。我每一动作他都欣赏。这让我工作得很起劲。

人说黄裳、叶灵凤、黄苗子三位书多人，人向他们借书最难。我说不然，三位对我恰是非常大方。感谢他们长年累月的信任。借书给人是一种豪爽的鼓舞。

我开始对苗子宣讲今后的工作计划，重新刻一套精细的《水浒传》人物，包括武大郎、潘金莲、西门庆、王婆、蔡京……不是写意，是绣像，比陈老莲的水浒页子还细……

苗子说："好，宋朝方面我做过不少笔记卡片，你拿去抄一抄，可能有用，你来不及的时候，我还能帮你看书，找材料，你这番工程很重，对历史文化会有点用处，要我的时候你尽管说……"

借来的卡片认真抄了，也恭敬地奉还了，多谢了。木刻板两百块也备齐了，自己也学着读一些宋人史料。后来木板给人搬光，卡片也散落在造反派办公室地上。问案的时候我亲眼看见被人踩来踩去。

以后老了，木刻刻不动了，只好画一本简笔的水浒人物。

我这种在江湖长大的人不容气馁，怄气的事从不过夜！

人常说财物和名气是身外之物；他不明白，倒霉和开心也是身外之物，都得看开点才好。

世襄兄身边玩的很多东西我都不懂，觉得很费力气。比如养鸽子，玩葫芦，玩鸽哨，玩那些会叫的小虫，甚至出数本专著，精道十分。我只是佩服，却是没有勇气相随。

有天他带我参观满房子的老家具，这个那个，那个这个，他耐心介绍，我混沌地跟着。直到他说到地震的时候，他指着那张黑色大柜子："我晚上就睡在里头！"这才让我重新振奋起精神来。家具方面，我是个绝对不可教的孺子。

仿佛他还给我欣赏过真的可以杀人的薄刃大关刀，还有闪寒光的铁盔甲……

过后我们又是多少年没有相见。大局面已经开始，我顽劣天分一直改不过来，蹿空子出来到东单菜市场买了条大鱼公然提着上芳嘉园找苗子夫妇，没想到人都不在，只见到紧张的光宇先生太太张师母：

"嗯呀！侬还敢提条鱼来，侬拉让人捉去了，侬快走快走！"

我问："那冬冬呢？"

"在哦屋里厢，侬弗要管，侬快走！"张师母说。

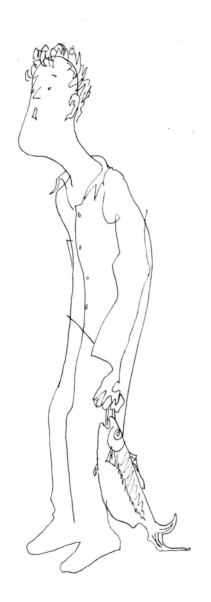

依
拉
提
之
去
哉
！！

我明白，苗子夫妇吃官司去了。

我有病，叫做传染性肝炎，单独住一间小屋。有时候要上协和挂号看病。太平年月，白白一本医疗证没什么大用处；到这时候，三本都不够用。

又是多少年过去了。想起那时候用说谎来对付荒诞，是需要点勇气的。

朋友们又团圆了。

王世襄对朋友们发了个通知，他有许多发还给他的文物，不要了，摆在芳嘉园院子里，每三天换一次，共九天。朋友们有兴趣随便来拿。那几天热闹得很，取走的大多是陶瓷器。还有些拉杂小玩物，我想不起来。

我那时住在火车站苏州胡同一个小拐弯胡同叫做罐儿胡同，离许麟庐兄的住处很近，几家人见面商议春节一家拿一个菜，在许家聚一聚。

到时候，每家都拿来一两个菜，只见王世襄进门提了一捆约摸十斤大葱，也不跟大家招呼，直奔厨房，我轻步跟随看个究竟。

只见他把大葱洗干净之后，甩干，只留葱白，每根葱白切成三段，好大一盆，热了锅子，下油。他穿的是唐装，左上衣荷包掏出包东西撒向锅里，不一会儿又从右口袋荷包掏出东西放进锅，浓烟香味冒起，左裤袋里看得清楚掏出的是一包红糖放进去，上衣大荷包里掏出的是小手指大小一整包虾仁干。于是急忙地倒进全部大葱，大翻炒一阵之后下料酒、酱油，歇手坐在灶门口一声不响，一下子猛然起身从灶眼里抽出几根热炭，揭开锅盖，轻轻用锅铲翻动几下又盖上锅盖，这神气真像个佛门子弟做他的法事，再揭开锅盖时，锅底就那么不厚的一层在冒着泡。

他对我说：

"你走吧！告诉大家别等我，我马上就来！"

这一大盘油焖葱上席之后，大家都不说话了，专注得像读着诗，一字一字地品尝它的滋味。

"没什么诀窍。挑好葱，注意火候，一点肉桂，几颗生花椒，胡椒，红糖。不要动不动就讲冰糖，这油焖葱一下冰糖就俗了。最后滴几滴不着痕迹的山西醋，特别要看准火候，千万不能弄焦。汤不是汤，是汁！是托着油葱的慈祥的手。"

从此，我家请客，有时候露两手，其中就有油焖葱。

听说世襄兄年轻时请客吃饭，自行车上绑了张十二人的桌面。问他有没有这回事？他说："这哪里是我！听说是京剧小生×××当年的事，我也是听说，不太相信！桌面是兜风的，那还不让风刮倒！"

有好几年我在香港住，香港大学曾经请世襄兄来港大开讲明式家具学。我家住在香港大学上头一点，我请他来家晚饭，他来了。没想到黄霑不请自来，这伙计是我的好朋友，也是香港著名的"嘴炮"。王世襄那天的打扮非常土：扎裤脚，老棉鞋，上身是对襟一串布扣的唐装。我故意不介绍，黄霑也不把他放在眼里，就那么东聊西聊，黄霑告诉我："港大最近有个关于明式家具的演讲，是请内地的王世襄来主讲，你知道不知道？你和他熟不熟？我还真想去听听。我在英国听一个牛津教授说：'I have never seen the real Ming style furniture！（我从来没见过真的明式家具！）'"

王世襄笑眯眯地用英语回答："I'm here this time, is to talk about my collection：Ming style furniture.（我这回来，就是谈我家藏的明式家具。）"

黄霑左手掌指着王世襄，回头看着我，不知怎么回事。

我介绍："这位是黄霑，那位是王世襄。"

黄霑猛然扑过去，跪在王世襄跟前：

"阿爷阿爷，我失礼之极！罪该万死！我有眼不识泰山！请原谅！啊呵呵！今天我算荣幸见到大驾，做梦也想不到！"

大家笑成一团。

"我以为您是黄公家乡凤凰来的爷叔，不把你当回事，万万没想到我挨了一记五雷轰顶。我运气真好，这一顿饭我混定了。"

我有几年回到香港住。有次约苗子、郁风兄嫂和世襄兄到巴黎去玩玩，住在丽思酒店。世襄兄迟到，黑妮上机场去迎接，没想到他在服务台办手续的时候，双腿夹着的手提包让扒手一把抢跑了，追赶不上。里头有护照和其他证明文件和有限的钱。这真是旅游者碰上的绝顶麻烦。幸好酒店还让人住。住定之后黑妮一次又一次地陪他上大使馆。王世襄在巴黎让扒手扒了，这绝不是一件小事。王世襄被绊在巴黎回不了中国绝不是一件小事。当年大使馆并不清楚王世襄是何许人？有何重要？万一法国人知道了，来了一位重要的古家具专家，事情可能是一个麻烦，不小的麻烦。

黑妮当时年轻，气足，好不容易跟大使馆沟通清楚，给王伯伯弄来一份可靠的来回身份证明。世襄兄一直很喜欢这个女儿，佩服得不得了。

　　王世襄兄跟朱家溍兄在下放劳动的时候，有一天经过一片油菜花地，见一株不知原因被践踏在地上，哀哀欲绝之际，还挣扎着在开花结子，说了一句："已经倒了，还能扭着脖子开花。"写下来一首诗：

　　　　风雨摧园蔬，根出茎半死。

　　　　昂首犹作花，誓结丰硕子。

我回北京盖了万荷堂，有一次他来，见到堂里几张鸡翅木的大椅子，顺口说了一句：

"刘松年！"

刘松年是南宋有学问的画家，当然不是刘松年设计过椅子；大概在刘松年的画作里，他记住的有这式椅样。

最后见世襄兄一面是在他们新搬的家里。他跟荃猷大嫂请我喝茶，欣赏荃猷大嫂精妙的剪纸艺术。

仍然是满屋拥塞着古家具，气氛和老住屋难分轩轾。一切都行将过去或早已过去。我坐在桌子边写这篇回忆，心里头没感觉话语已经说透。多少老友的影子从眼前走过，走在最后的一个是我。

二○二一年七月十五日夜

侥幸的小可见闻

应该在一九六六年以后吧？认识了张学铭先生，他刚从监狱放出来？我的猫头鹰案子未有结果。

怎么认识的？谁介绍的？忘记了。可能是跟我有过来往的他家的两位公子的介绍，想想又不像；可能在那个时候崇文门新桥饭店东向的西餐馆认识的。也记不住认识的过程。总之是认识了，来往了。我和他不一样，我没有后台，日日惶惑；他不同，他的哥哥是张学良，有周总理时时关心照顾；丈人是朱启钤先生。朱启钤先生我凭什么有胆提起？他是新建筑系统的祖师爷爷，做过中国的总理和一系列的大官，只要讲一句白话，老百姓听了就明白了：北京大前门是他盖的。

张学铭先生常常到当年我那个局促的罐儿胡同家里做客。我那个住家窄小到任何客人做个小移动，屋里头全体人马都要站起来让路。张先生高大的中型胖子，见过全世界大场面的人，那时候能找到个随心交谈的人真不易，居然一坐就是一整天，上午来，聊、聊、聊，吃中饭，喝茶，再聊、聊，吃晚饭，吃大西瓜，再喝茶，再聊，九点钟，起立，再见。我们送他出门。

他走后，我们一家四口想起才吓一大跳，他怎么一整天没上厕所？

我去过他家，见过洛筠夫人，家具陈设都很讲究，床头墙上随随便便挂着两幅龚半千。房子位于东四八条111号。我说这四合院不是普通的大，不要说以前没见过，听也没听过。解放那么多年了，就那么从容阔亮在太阳底下，一点不受惊扰，尤其是从没受到街道居委会的挂念和关心，这是非常难得的。

太阳按规矩每天从东边照到西边，随便哪进绕院子小小跑个圈很容易累得主客不分。这是个比喻，是个估计，说明院子大得非同凡响。做客抽烟是有的，跑圈没发生过。

我一辈子记地址的天分很低，常来常往的地方竟然把

一个那么有名的地点忘记了，再也叫不出名字。仔细想想也不能光怪天分。旧时代，全中国大大小小城市，中间重要马路无论宽窄不叫中山路就叫中正路，我从小认马路的习惯让孙中山、蒋介石的名字搞混了，这又不是一天两天的事而是一辈子的事。解放后没听说哪个城市镇大马路用国家主席的名字取名字。用伟人名义做这做那很容易搞乱记忆，淡化轻重，这是事实。

朱先生在我心中的分量太重了，尤其是我尊重的长辈讲到朱先生时也不断地诗一般地赞美。

从文表叔有次对我说："朱启钤先生的子孙繁衍，换家人家是养不活的。光是女儿就有九个，加上儿子媳妇，要多少房子装？听说，女儿、儿媳清早起来穿的是牡丹花苞的漳绒料子旗袍，中午换成盛开的大花，晚上换伏收的花朵。"话不一定真，不过传得很美。实际上只有他们一家做得到。

你知不知道漳绒是什么？天鹅绒的料子按设计的花样用剪刀平平贴贴地剪出高低层次的花样来，这是种很珍贵讲究的手工技巧。

请原谅我把话扯远了。想想看，写张学铭不提一提朱老先生岂不欠打？专门要写，几十万字的厚本本也不够，这位那年代忘不了的文化高峰。

学铭先生在不同时代做过东北的大司令，小司令，大大小小不同的官，做过天津市长，警察局局长，顾问，人民公园主任。值得一提的事：委托章士钊先生转请毛主席题了"人民公园"四个大字，做成黑底金字挂在公园正门下方。这恐怕是毛主席亲笔为国内公园题写的唯一匾额。

我们认识以来从不提上头说过的那些事，顶多是我从熟人口头或报章杂志上看到的。这些过去的事好不值得来回细论？他只谈他年轻时代和有趣的人的交往。

他说："我当天津市长的时候还很年轻，一个人到日本去玩。别瞧我在天津发号施令神气活现要大王，到了东京住进旅舍就孤家寡人单独一个，找到了你们画家王道源。"

我说："王道源先生我在广州见过，他在广州华南文艺学院教油画，一脸大胡子，一头卷发，有点马克思的神气。"

"是那么回事！很有点气派，有他在一起，我放心了一大半。他这人有个特点，喜欢玩派头，爱把走在一起的朋友当做马弁跟班，大街上昂扬至极。完全甩开走在一起的朋友。你清楚我是个爱吃的人，我们两个个都不小，整个礼拜简直吃遍了东京著名的大小餐馆。有一天吃完午饭他说：'我带你到黑社会的黑龙会咖啡馆喝咖啡去！'"

我问他："熟不熟里头的门道？"

他说："管他妈的熟不熟，去了再说。"

这咖啡馆名叫"A、Z、Q"，一进去黑不溜秋，又宽又矮。座位全是藤躺椅，中间搁了张小咖啡桌，算不得神秘，也不简陋。我们两人各自躺下，王道源大概是刚才的午餐吃累了，闭下眼睛。我怎么睡得着？看看吊灯，看看墙上挂的神怪画，听那些怪腔怪调的音乐。

这时，咖啡送来了。茶具颇为讲究，王道源睁开眼睛，小调羹在杯里搅了搅，既不放牛奶也不放糖，猛猛地举起杯子喝了一口，眼看杯子里头剩下小半，搁着不动。烟盒里取出支大雪茄，点燃抽将起来。火点得大，抽得威猛十分。我咖啡里放了糖，也放了牛奶，用勺子搅了搅，轻轻抿了一口，觉得不错，正欲躺下闭目养神，忽然来了位赤膊胖汉，大半刺满紫红色游龙"刺青"，双手撑住王道源躺椅左右扶手上。脸孔、鼻子相隔五六寸光景，像是在交换呼吸，一边抖动上半身肌肉，让"游龙"生猛起来。

你说我那时怎么办？我吓得动弹不得。

王道源一声不响狠狠抽了口烟，喷出个又圆又大的烟圈，优雅地、准准地套在那汉子脖子上，那汉子起身拨了一拨，没想第二个大圆圈又套上了；那汉子刚拨开第二个大烟圈，第三个烟圈又跟上来……

王道源从容吐着大烟圈，看也不看那汉子一眼。

那汉子一声不响地走了。

"你这两手,我还真没想到!"我对王道源说。

"抽烟吐个大圆圈,这算得什么本事?"王道源说。

"你最近见过王道源吗?"张学铭先生问我。

"我只是解放初在广州见过他。知道他在日本多年,在中国美术界活动得轰轰烈烈、多姿多彩,是位满腔热血的画家和教育家,为民主革命做过不少贡献。就是他跟画家、金石家钱瘦铁先生把郭沫若先生掩护回国的。听说他没逃过'反右'劫数,一九六〇年死在劳改农场。

"后人怀念他,称他作'美术史中的失踪者'。

"他一生在文学艺术界非常活跃,实心实意参加各种益人的艺术活动。快活复杂的身世,解放后向严肃的组织方面交代起来,令人感到生鄙和很不耐烦,更加上不善于政治语言表达,这都是一些遗憾的事……"

"你想想这个王道源!黑龙会咖啡馆当年喷烟圈的派头和胆子也不晓得缩到哪里去了?"张先生说。

"……十年生死两茫茫,不思量自难忘啊!"

"跟你来往无害,不江湖。"他说。

北京崇文门内新桥饭店东门开了家西餐馆，张先生讲："过得去，黄油鸡卷、罗宋汤。地方远了点，费鞋。"

问他城里几家本地西餐馆，他听了轻轻说："岂！"说"岂"，他又常在那里请客。"地方家常"，"公安局后台，安全"。

几几乎北京大饭馆，没一家不认识张二先生。今天哪家出什么菜？他说可以，或不可以；说今天他们进的鸭子不新鲜，青岛对虾放了四天！他哪儿来的消息？你受不受得了。

那时期过日子紧张，得他的指点很得益处。问他：

"您等于一年到头不在家吃饭。师母怎么办？"

"她？她吃饭有顿没顿的，打电话叫馆子送。饭碗、菜碗、汤碗、调羹筷子都摞在大桌子上，饭馆来人各认各的碗回去，有时还吵起来。"

有天，张先生一大清早来罐儿胡同找我：

"快……快！今天崇文门外××屯赶集，我们去那儿选只小猪回来烤着吃，快点！"

我说："我不想去，麻烦，走那么远路，回来还要背只小猪，还要花时间杀猪，洗呀，烤呀……"

假若赶集成功的话，

"你看你，还是个年轻人，还打猎。你骑自行车，我坐公共汽车，到崇文门换车，换不到车不过十里八里！哎呀！回来全部的事有我嘛！没有你，我自己也不干，就图的这份味道。你，你，好，好！多可惜呀你，你看你，你看你！……"

"你该找允冲、鹏举两兄弟陪你弄这些玩意，他们年轻。"

"你想想！他们配吗？他们有这种兴致修养吗？我怎么会叫他们两个？无聊，我做梦都没想过……"

在我家吃饭，梅溪出名的手艺，他不说好也不说坏，饭量显得出众，一碗一碗。在我家记不起他喝不喝酒，纵喝我也没有。那时朋友来得少。

有回聊天，提起一件事，他有点生气：

"'文革'时期，北京某个大学出了本大辞典，张学良这一项目里头说：'张学良从小当大官，是个花花公子，已去世。'这简直岂有此理至极。说他从小当大官，是个花花公子，我没意见，说他已去世，怎么他们知道，我做弟弟的反而不知道？张学良如今好好地活着。怎么回事啊！王八蛋！狗日的！"

这话我找不到角度安慰和劝勉他。

朱启钤先生去世好些年了，后来某一进四合院已经租给人住了。有本事住进这院子的绝非凡类。果然。

原来是我们湖南鼎鼎大名的唐生明先生。他的哥哥是唐生智。我从小知道一件事，家母桃源湖南省立第二师范毕业颁发的纪念品铜墨盒，上面清清楚楚刻着唐生智赠的大名字。

唐生明在抗战八年是位出名打仗的将军。我再长大一点的抗战八年之后，又听说蒋介石曾派他到汉奸汪精卫那里去混，立了不少抗战功劳；全国解放之际，唐生明先生在湖南和平解放中起了不小的作用。特别精彩醒目的是一篇他在汪伪时代如何毒死大汉奸李士群经过的文章。他一辈子过的都是风花雪月日子，恰好运用这种花花公子擅长的天分进行对革命有益的工作，何乐而不为也？

我有一套政协出版的文史资料，讲的都是这类有趣的人间奇迹。

大概是张先生向唐生明先生讲过我一些琐事，唐先生想约我有时间到他那里喝下午茶，我去了。

见到唐先生，晋了礼；夫人徐来是画报上的熟人，也行了礼，坐下了。

我说："我妈是桃源省二师范的学生。"

他说："现在有些老头子居然说自己是省二师范毕业的，简直荒唐，无异讲男人生男人。根本不清楚省二师范是个专门女子学校。比如现在的高干子弟学校一〇一中学校长杨代诚（王一之）就也是省二师范的。我以前开贺龙的玩笑，他常到桃源省二师范去找女朋友……"

我说："王一之先生是我妈同班。她还有很多同班，凤凰陈渠珍的大夫人楚玉美也是当时的同班。"

咖啡来了，喝咖啡。

唐先生问："听说你平常常出城外打猎，北京有什么东西好打的？"

"有，有，北京到冬天，麦子割了，郊外一展平，几家农屋，几树山里红柳。打得到兔子、雁鹅，居庸关一带山崖上还打野山羊……"我说。

"那太辛苦费力了。"他说。

"我平时除教书之外自己还刻木刻，小刀子对着大刻板，眼睛离板子顶多六七寸，慢慢容易弄坏眼睛。礼拜天夹着猎枪到城外走走，一目五里、十里，眼睛给调整好了，对工作和身体都有益处。"

"我也打猎，兔子、岩鹰、野鸡、鹌鹑、山羊，都打过。"他说。

"刚才你不是说过，打猎你经不起累。你怎么打得下那么多东西？"

"你忘了我是个当官的？满满一座岳麓前后山，哪里没走过？我用得着走吗？我不会坐在轿子上吗？轿夫抬起我满山走，见什么打什么，打不着后头跟着的大队护兵不会补枪吗？不会打不中的。坐在轿子上瞄准很舒服，容易屏气，枪就放在膝盖上。轿夫也见机行事，走着走着，东西一出现，马上停住脚步让我瞄准，上山打猎，要紧的是灵活的轿夫。"

我回香港住了几年，回北京之后，这些先生都没有了。

二〇二一年九月十一日于北京

2021.9.

你家阿姨笑过吗？

在北京几十年，我们搬过几回家。

先住东城大雅宝胡同美院宿舍，离学院远了一点，每天来回花好多时间，后来搬到美院北边一列宿舍中两间一套的房间里，孩子长大了，显得挤，又搬到火车站前的一条罐儿胡同里。

一九六六年的开始和唐山大地震都是在这个时候发生。

遇到一件倒霉事或喜事，不管大小，人都喜欢找出一些迹象或预感。我不参加这类神聊。认为天灾人祸该来就来了，难以抵挡又何必预测？

搬不搬罐儿胡同，地震和一九六六的开始都会发生。

跟一个人在街上闲逛，让七楼或八楼掉下来的花盆砸死了不一样。他那天那时候不出门就不会砸死。更不是楼上的人等他经过才故意推下花盆。

我今年九十八了，朋友们有时候发神经称我这辈子运气好，掐着手指头算我度过的磨难当玩笑。听了这类话我一无所获，既不饱肚子也不整精神更不感危机四伏。

　　一句话，大概上天看我自小没出息，不值得弹拨而已。

　　假如硬要我承认这辈子总是鲜鲜子过日子、运气好的理由也未尝不是没有：一、有许多倾心可敬的朋友；二、自己还算是认真在做事。

　　好，扯远了。兜回来。

　　住在美院北宿舍的时候，我们请了位阿姨名叫曹玉茹。她老家怀柔就在北京附近。是她姨兄带来的。姨兄认识美院的一个人介绍的。（这人已经印象模糊）姨兄在北京工厂做事，是个厚道人，以后日子和我们常有来往。

　　姨兄说曹玉茹阿姨境遇不好，孤单一个，在北京不认识什么人。听说我家请保姆就把她带来了。

　　曹玉茹阿姨长相算不得好，高大魁梧，脸上没有笑容，皮肤绿绿的，站在门口好大一个影子。

　　带来的随身行李之外还有架缝纫机。姨兄走的时候说："她可以做衣裳。"

　　从此以后，我们家有了曹玉茹阿姨。大家生活在一起好多年。孩子长大了，她自己也找到一位对象陈师傅，是在建筑公司干活的，结婚后老陈工作的建筑公司在八大处有工程，阿姨住八大处还带黑妮去玩过。之后他们有了儿子。孩子调皮不读书，后来到一个厨艺学校学习，毕业当了厨师。陈师傅过世了。孩子找到对象，结了婚，阿姨跟儿子媳妇住在一起，听说日子不怎么和谐，不过按她的性格，这类小事都能控制得住。

黑妮在国外读书，每次回来都会去看她。她曾经说过："可惜我老了，要不然去帮你们看家。"

这话说了就说了，听了就听了。现在想来，为什么不马上接她来呢？看什么家呢？我们管你，大家一起过几年太平日子。

现在阿姨在哪里呢？要是在也得一百零二岁了。我们都很挂牵她。

曹玉茹的家就在北京怀柔县，丈夫是当地的游击队长，专门打日本鬼子，一次在与鬼子激战中牺牲了。鬼子进村，把他们的双胞胎儿子扔进潮白河。阿姨当时回娘家，返家后一个人在潮白河边坐了三天。之后就进北京找姨兄，托人找事儿做，在缝纫社学过，攒钱买了缝纫机。

曹阿姨当时回娘家，
返家后一个人在潮
白河边坐了三天。

在我们家，有的客人暗地里惊讶：

"你们家这个曹阿姨，怎么不见笑容？"

我说："你要是清楚她上半辈子的事，你都笑不出！"

梅溪对朋友称她是我家的"陀螺仪"，起着轮船上稳定的作用。

她懂得人生，她也笑，她笑得不浅薄，她有幽默的根底。她喜欢黑蛮黑妮，他们之间有个不成文的约法三章。三人相处有很多话讲，值得笑的笑。

我们家里的熟朋友她都熟。绀弩、郑可、陆志庠、曾祺、苗子、郁风……来了新茶，问都不用问就给泡上了。一件暗暗使我们吃惊的事：绀弩见了她，每次都要从座位上欠欠身子。他听说过她的故事，有次在路上还提起怎么写她？诗？小说？还是剧本？"唉！爱，恨，祖国，死，活，在她那里怎么都那么简单？那么短？"

有的人来了说完事就走，就绀弩伯、志庠伯、曾祺伯来要快预备炒菜，预备酒。

有次吃完饭，喝完酒，正重新沏上茶，开始聊天之际，她忽然端了一盆热水过来放我面前说："黄先生，你都快半个月没洗脚了！让大家说说！"

于是大家敞开嗓子说起来！

"马上洗！马上洗！太不像话！检查检查脏成什么样子？"

黑蛮已经念小学了，听说很淘气，上午刚被选上班长，下午爬窗子让老师把班长撤了。等他吃晚饭不见人回来，阿姨二话不说，缠上头巾出门不到一会儿就把他带回来了。

"你哪里找到他的？"

"王府井儿童商店，他蹲在玻璃那边看玩具。"

参加世界儿童画比赛得了头奖。学校因为他淘气没批准入少先队，戴红领巾。原本米市大街小学有人得世界儿童画比赛头奖应该开心的，没想到得奖的是个没戴红领巾的淘气人。做父母的也不好过，开自己玩笑说："要是像清朝可以捐官，简直想花钱买条红领巾。"

这事没过多久，学校通知黄黑蛮可以入队了。

要借美院北边后勤部礼堂举行少先队入队仪式。

我们全家都很开心。一早买来叉烧包做馅的材料，前一天阿姨就发好面。米市大街小学到后勤部礼堂要走煤渣胡同转校尉营好长一段路，只要乐队号鼓一响，我们马上就会冲出去，欣赏我家黑蛮夹在队伍里的雄姿。

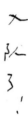

果不其然，号角响了。我们冲到大门口，原来是磨菜刀剪刀的老头敲脸盆，吹大铜喇叭弄出的热闹。

回到宿舍，眼看阿姨刚蒸好的叉烧包全让大白猫掀得满地都是。阿姨耐心收捡进竹箩里，剥掉肮脏皮，准备黑蛮回来吃油煎叉烧包。

说时迟那时快，戴上红领巾的少先队员黄黑蛮光荣回家了。笑眯眯站在面前，向大家敬礼。

这么快学会敬礼，真不易。

来往的朋友，阿姨都熟，宪益的夫人戴乃迭是英国人，见面也有话讲。有一天来了三位日本客人，是来请教一张钞票上日本皇太子的疑问的。我不懂，便准备带他们去会见从文表叔。

客人刚坐下，阿姨左手抓四个没耳茶杯，右手提了把旧茶壶，"咚！"的一声放在桌面上，径自走了。那意思是说："要喝自己倒！"

那三位日本客人和那翻译都稍微愕了一下。

我来不及说话，赶忙提起茶壶给三位客人倒茶，晃过这刹那的难堪，别的就顾不上了。

后来三位日本客人见到从文表叔，听到高明的见解

阿姨左手抓四个没耳茶杯，右手提了把旧茶壶，"咚！"的一声放在桌面上，径自走了。

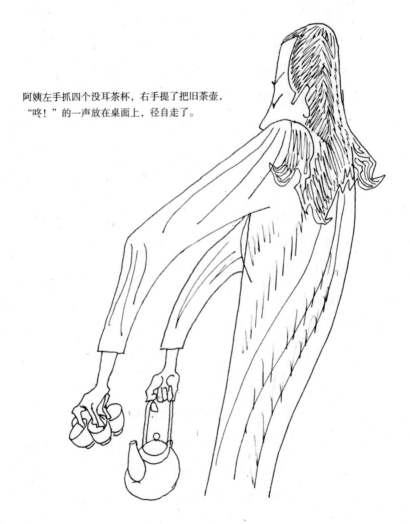

都很满意，走了。跟翻译和三位日本客人从此都没有联系。世界上仿佛没发生过这件事。

这事绀弩、苗子两口子、曾祺都听我说过。绀弩哈哈大笑一过之后说："算是对三个狗日客气了！"

曹阿姨给孩子讲的故事：

"从前有一个穷人，老了，没人照顾。房檐底下年年都来燕子，衔泥修老窝，孵小燕子。一天，燕子一只小腿让人弄断了。老人看了难过，连忙给它敷药，捉小虫喂它吃。七七四十九天，腿伤好了，衔来一颗瓜子放在老头手掌心多谢。老头把这颗种子埋进大门对面肥土里，没想到长了个方桌那么大的大瓜。打开一看，里头都是金银宝贝。后来的日子好过了，天天清早晨吃油条，喝豆浆，中午吃炸酱面，晚上喝二两酒，炒菜，卤猪肚，回锅肉……

"隔壁老头奇怪他日子怎么变好了？问他，他便讲燕子受伤的经过。那老头也学着这老头，上房捉了燕子，弄折了它的腿，连忙假仁假义地给它上药，讲好话，过了七七四十九天，燕子的腿也好了。老头坐在大门口等，果然那只燕子衔来一颗瓜子放在他手掌心。他连忙也种在自己大门对面肥土里，只等着开花结大瓜。什么都不做了，天天进城吃喝玩乐，没钱就挂账，一副大户人家有钱人派头。

"日子一天一天过去，那颗瓜藤果然结了个瓜，眼看跟隔壁老头结的瓜一样，慢慢在长大，当然引来好多城里人参观。门口登时热闹起来。老头还认真忙着泡了茶水招待。到了长得跟桌面一样大的那天，参观的人比十家办结婚喜事的还多。老头儿借来把大砍刀使劲一破，什么都没有！中间蹲着白胡子小老头站起来，指着贪心老头说：'嘻嘻！看你欠这么多怎么还？'

　　"我们村有个懒人，大家叫他'邪蛋'，什么事都不做，成天睡在娘娘庙后墙根，告诉人家，有两个蓝颜色的小鬼陪他玩，抓着他的手脚晃悠，晃悠，每天都躺在那里让小鬼晃悠。肚子饿了，就捡点别人扔在路上的烂东西吃。有一天，仍然让小蓝鬼这么悠呀悠地，一悠把他给悠到河南去了。他想家，后来讨饭回来，人都不成个人形了。"

有一天在美协碰见张谔胖子老兄，他说孩子得奖，他应该来家贺喜。我说："别贺喜，几时有空来家里吃饭吧！"他想了想："不如明天来吧！"我说好。他早晓得梅溪的手艺。

回家告诉梅溪，她说："这时候你随便开口请人吃饭，不要说菜，连米粮都是问题。"我听了这话，想想也是。不过，他是我最早认识的延安朋友，比华君武、蔡若虹都早。一九五〇年前后，党派他来香港办事，比如买乐器，一买就是十个八个乐队的乐器，这规模的生意，把乐器铺老板吓傻了。还有照相机、录音机、大型电唱机那一些叫不出名字的东西。这不是个人行为，动不动就千千万万。张谔住没多久，只新华社和黄茅、李青几个人知道，我也夹在里头知道了。不过我没问他来香港买什么，只听说他在延安时开肥皂工厂的，早年的画画行当怕自己也记不起来了。

梅溪就决定明天把那只不生蛋的老芦花鸡杀了。一说起明天晚上吃鸡，黑蛮、黑妮都挺高兴。黑蛮第二天上学都特别起劲，黑妮在美院托儿所，要求梅溪早点接她回家。我不清楚读者诸君清不清楚当年艰苦的面目？不是一家两家的事；是全国家家户户的每一张嘴巴的大事，好、好稀罕的灾难。所以请一个人吃饭居然敢动刀杀一只鸡，在那时候是要有一点胆子的。

张谔胖大爷来了，喝茶，抽烟（自带），孩子也兴高采烈地回来了。唱着跳着，念叨晚上吃鸡，并告诉张谔伯伯，是只大芦花鸡。

张谔一听，蹦了起来：

"什么？杀鸡？干吗杀鸡？带我去看看！"

孩子唱着跳着牵着胖伯伯的衣角去看芦花鸡。

芦花鸡完全不晓得大祸临头，死之将至。

张谔从鸡笼里抱起芦花鸡，大声嚷着：

"梅溪，梅溪！这么好一只芦花鸡你杀她干什么？你，你，你留她生蛋多好！"

"她好久不生蛋了，留她费粮食！"梅溪说。

"什么费粮食？你根本不懂养鸡，不生蛋要怪你不会养，你知不知道我在延安喂过多少蛋鸡？我，我，我今天不吃你们晚饭，我就抱着芦花回去，算是你请了我的客，我多谢你们，我领情了……"

胖子老兄抱着芦花鸡真那么铁心地扬长而去。

我们一家四口人坐在椅子上一动不动。

曹玉茹阿姨过来说："今晚上包饺子，别犯傻了。这年月朋友来往好事坏事都容易犯急。张先生说他会养鸡我信他，让他抱去养吧！我们少一顿口福，留芦花一条命。让张先生两老去讨个欢喜……妮呀妮，你看张伯伯这人做人多实诚，别怪他让你今晚上不开心……"

有一天，她叫黑妮："妮呀！叫你妈妈来！"

梅溪来了，吓得半死，赶快送她到协和医院，一到挂号处她就昏在地上，一地血。赶快进行抢救，在医院住一个礼拜，回老家住了一个月。人比以前还精神。

她肠子方面好像有什么痔疮事，自己用剪刀一刀剪了，医生说："幸好你们来得快，要不然就没命了。"

她的姨兄来看她，一边说一边发抖。

后来我们搬到火车站罐儿胡同，有人给阿姨介绍个男朋友，是北京第五建筑队的队长。姓陈，党员，也打过日本鬼子。结婚了，曾经住在八大处。

一九六六年了，阿姨还回来看我们，抱在一起哭。

叫她别来了。她说："不怕，我是烈属，我清楚黄先生是好人。"

挖防空洞，做砖坯，我在"牛棚"出不来，家里缺原料，也没劳力，陈叔叔和阿姨用三轮平板给我们拉来三车土。

阿姨生了儿子常京，常京长大，陈叔叔离世了。我们两家没断过往来，又是好多年过去了。

二〇二一年十一月十八日

轻舟怎过万重山？

——忆好友王逊与常任侠

认识王逊，是在反右以后。看过他写的中国美术史，认识他是个有学问的人。以前跟他没有往来，一直到后来我搬到美院西边宿舍，离校舍近了，一次在大餐厅门口遇见他，他正在打菜，跟我招呼了一下，叫我有空来坐，原来他住在餐厅隔壁一间小房间里。

我吃过晚饭之后第一次拜访，便觉得这是个可以常来往的地方。我第一次带去的礼物是一包上好的安溪铁观音，他用电炉烧开了水，他有把一般的茶壶，茶倒进茶杯一喝说："难得好茶！"

他懂茶就好办了。

原来他是西南联大出来的，跟曾祺他们都熟，在昆明

王迅打饭

已经是研究生了，原跟邓以蛰先生学哲学，也选过表叔的课，相当懂得表叔。谈哲学，谈文学，也谈文艺复兴，又谈印象派，现代诸派。

他跟江丰原来不熟，不靠关系进美院的。进美院之后，江丰很尊重他，清楚他实在的修养不苟且。做了美术史系主任。照道理讲，他是位非常有斤两的学术大师，却栽到反右运动里。什么道理？我不清楚。他逝世以后，不少写美术史的大篇幅地裁取他著的美术史的材料和难得的见解，我就明白了一半。

我们来往期间，他正在进行永乐宫壁画的考据，一一指出星宿的人物定点，工程庞大主论准确，是个了不起的学术成就。

他的学术见解心胸宽阔，外文底子也好。他有过一次失败的婚姻。香烟抽得太多，身陷在肺气肿病痛里，有趣交谈之中，突然发生较长的咳喘间歇。

他曾说过："我们之间有很多共同的地方，人生，艺术，文学……也有很多地方我跟不上你：乐观，长期的工作，尤其是荒野跋涉，冒险，人生丰富阅历。"

我告诉他："是的，有的地方距离很大。你是图书馆，我仅只是个图书馆的读者。你庄重；我有时自己管不住自己。我比你厉害的地方是在江湖长大，你一辈子从学校到学校，没见过什么世面。你只认识学校和同学，先生，和学校门外小饭馆老板。人生中，你是个娃娃，你那么持重的人，没头没脑去弄顶右派帽子戴……"

"你知不知道？反右前一段时间，我还有一段爱情生活？"

"为什么不在一起了？"我问。

"我一出事她就走了！"他说。

"不原谅？"我问。

"走了，还原谅什么？"他说。

"安慰自己最好的办法就是谅解对方。你绝对，绝对要相信，双方不留余痕的分手最好！"我说。

"你有过？"他问。

"当然没有！"我说。

"怪不得，真要有，你还这么大方？"他说。

"这些话，可以算是为以后的假定说的。想想，身边还有那么多事等你办，你不是只陷于今天这个主题的纠缠，居然还为未来预留了纠缠的根芽，你想你犯得着吗？多耽误事呵！"我说。

"你想我为她损失了多少时光，多少财物？"他说。

"你怎么还有脸计较爱情的耗损？从任何角度说，女性的痛苦比你伤重百倍，想想她当时的无助，她带着孩子手撑着塌下的半边天……"

"乘人之危！"他说。

"危是她给你的吗？"我说，"旧时代老文人转入新时代，就会说封建时代如何伤害他，一边诉苦，一边讨新老婆。有的还一讨再讨……我想我们今晚上这个讨论不太有意思。我过日子一般地说是不管朋友的家庭私事。跟朋友上公司买鞋，偏要叫他改买裤子，这犯得着吗？"

他笑了，靠一下躺椅："要说你不信，我还真打算这两天抽时间去买鞋。"

"这些天，我可能要搬家。"我说。

"好好的住着，搬什么家？"他问。

"孩子大了，挤，不方便！"我说。

"……那我怎么办？你搬家那边还有没有空地方？我也跟过去！"他说。

"明天一大早你马上过去陈沛那边问陈沛，罐儿胡同

还有没有空地方？"我说。（陈沛是书记，难忘的好人）

不几天，王逊居然问到了："行！"

罐儿胡同大四合院，我分到南边一排，比较大。宗其香北屋一排，东边一个美术史系懂俄文的冯湘一和美术杂志编辑何容住。（间隔杂了一点）西屋属于王逊。

王逊的房子很适合文人居住，规规矩矩朝东一排玻璃窗，北头也有一个六扇玻璃双开大窗，正对着双扇大门。听说这窗口前些日子外地来了个年老父亲上北京找儿子找不着，跑进院子，在王逊六扇玻璃窗前原有的那棵槐树上吊死了。后来这棵不吉利的树给锯了。

要往罐儿胡同找人，正对着王逊六扇大窗左拐进大院。右拐一两个小弯即本宅老小共用的全民间形式的茅房。门口贴一厚纸毛笔欧体八字书法："凡欲入厕，止步扬声！"此题笔墨浑脱大方，落款邓磊，想系多少年前住家主人笔墨。

这庞大宅第原系娘娘庙，大门朝北，再过去就是苏州胡同。据说苏州胡同原是一条大河，当年南来北往的一条运河，运粮船，从南方转到通州，喘口气再进北京——走苏州胡同转到什刹海去……

苏州河娘娘庙前

想起当年那么有意思的热闹，比现在的热闹人情味浓重多了。眼前人的头脑，再怎么聪明，也框不出那时的热闹行情，体己的内容。

有没有历史专家画一张从通州到北京的运河地图呢？这文章做起来怕会有好多老头多谢的。（甚至可以说："做晚了。"或者说："你这个衰老头，这地图早就有了，你浮薄的知识自己没够着，怪谁？"）

我清楚王逊跟表叔是西南联大的老师生关系的粗略轮廓；还没弄清楚脉理，后来住一个院子，才知道得多一些。

原来解放后，表叔有漫长时间情感萧瑟，失掉好朋友的联系。王逊在暗中来回奔走，让好朋友的关心没有中断。比如张奚若，朱光潜，梁思成，金岳霖，林徽因……

这种战战兢兢的侠义行为他只能从书中得到依靠和鼓励。他周围很少朋友，他不善交友；曾祺这些人谈不上熟。

对于中国传统艺术的兴趣原来他们在昆明就早有漫长的契合默会，搬到罐儿胡同，表叔又经常来往，于是这类东西跟他们眼前研究的课题又开始粘缠在一起，论之不休。

两位闲谈之余，又转过身来告诉我这情况如何之重要，我根本就没理，他们拿尚在热烈怀疑而尚未结论的问题来教育我，我没有拒绝和反抗的表示。我喜欢在两盏脚灯之下欣赏两位大专家乐滋滋地争论一个雍正斗彩小碟子上虎耳草蔓枝红黑问题弄得面红耳赤的场面，这有趣的气氛，这弥漫着天真可爱的甜蜜的争论……（我甚至想到列宁和斯大林谈话那张油画，刚开始移动脑子就赶紧缩了回去。）

他们这类谈话我一点兴趣都没有。而表叔正全身泳游期间，真诚地想拉我下水。（斗彩小瓷器，漳绒，明代以前佛经外壳上的织锦……）

王逊一个人。我们晚饭菜有好一点的下饭，下酒菜，便拉他过来。表叔来了我们就更开心。

谈话兴趣浓密的时候，表叔习惯了当年西南联大的辈分，信口便说："你们弄美术这些人，总忘不了名和利，稍发表了一两篇东西，忍不住就里外张扬……"

王逊忍不住了，便问："你几时看到我里外张扬呀？"

"不是指你。"表叔被动了。

"就我们三四个人在这里吃饭……"王逊不饶地追问。

"我是泛指一种现象……"表叔说。

"刚才明明你说了'你们'！"王逊说。

王逊酒喝多了一点，表叔也是随口没心没肺……

"喔！忘记了。明天十点钟，我还要带三年级学生来历博找你，听你讲'玉'。"

"早晓得了。我不在二楼，你带他们到三楼我那间小房间找我。我在那里的时间多。"表叔说。

"看你身体不错，今晚上装了两碗饭。"王逊说。

"有好菜吃饭就多！"

梅溪说："哪里哪里，我看表叔喝了好多汤！"

"你们广东人讲话唧唧缸缸，就是饭前两碗汤我特别赞成。"表叔说。

来罐儿胡同最多的除表叔之外，还有一对夫妇。男的叫潘际坰，女的叫邹絜媖。潘是香港《大公报》驻北京办事处主任，是我上海时期的老朋友，彼此来往像自己家人一样。他们家是独门独院，在王府井华侨大厦斜对面一条胡同里（东厂胡同，安居里九号），我们几几乎每个星期总要见一次面。际坰的工作就是代香港《大公报》邀约北京名家写稿子，好费力气和精神。各路名家也喜欢他，可以每月从他手上得到香港《大公报》稿费。

这时期不短，几十年就这样过去了。他们家的孩子活得规矩用功，除大女儿在北京结婚留在北京之外，另外三个孩子都到美国深造去了，都各有成就，都留在那边了。（好多好多来往故事，只能放在将来《无愁河》里去写了。）

这时候来罐儿胡同的朋友很多，上海的，香港的，全国各地的，有的喝茶，有的喝酒……话说到这里按下不表。

王逊一个人跟我们在院中住了一年多，朋友们先后为他动脑子找个好媳妇的活动不断。能配上王逊的人格、学术修养、爱好的人，的确难选。

最后找到著名京剧演员张曼君。这个沙里淘金出来的新娘子张曼君，修养、为人都受到生熟朋友尊重和喜欢。曼君是位十分敬业的艺术家，也听到她团内同事称赞她专业基础雄厚扎实。可惜每天清早从罐儿胡同到京剧二团上班，路途十分遥远，下班回到家里，自己困乏之外，还要照顾时刻都在病中的王逊。天天如此，月月如此。同院人都默默向她致敬。

一九六六年惊天动地的大局面开始了。所有北京文化界人士，不，所有全国文化界精华都被集中到北京西郊社会主义学院去。音乐，美术，电影，戏剧，歌舞，文学……老老少少，无分党内党外，一律去做住客，优渥到了什么程度，说起来很难让人相信：早、午、晚的饭菜，跟高级饭馆一样，楼底下到下午有咖啡、红茶和讲究的岩茶和汽水，随意叫唤几个熟人坐在一起聊天。逢星期六有外国片可看。几层楼上楼下可以随心访问熟人。郑可、庞薰琹、马思聪都在五楼。美院取消了我们的内部参考。我每天拐弯在同一层楼向马思聪借阅。

上、下午各院、各单位自己分组交代眼前思想和历史行为，军宣队专人监管督查。这是每天上下午的功课。

房间设备与旅馆不差分毫，有白衣侍者进行打扫，整理卧具和随时照管冷热水饮料。

美院来了不少人，我跟叶浅予先生一间房，隔壁一间小房是王逊和常任侠先生。

我和叶先生有好多时间聊天！

他说："这阵候不简单，你问题不大，我这一下可能完了。"

"我不清楚眼前这么大的动作，最后要搞什么？你说你有什么好‘完’的？抗战时期，打倒日本帝国主义，你参加中美合作所画漫画投到沦陷区。又没有杀人放火。当年我们一帮年轻人都暗地羡慕你们，冰兄，丁聪……这一帮人运气好，拿美金过日子。”

“怎么会让不懂那盘历史的人审查你们那段历史呢？几句话就闹得明白的事，变成一条大辫子，有事没事抓来弄弄……我认为不用担心，最后会有明白人说话的。”

“你看，生活上这么优待；操场上又弄那么多兵在练擒拿。分明是做给人看的。”

“现在还只是开始，接下来怎么弄还不清楚。”叶先生说。

“对我们来看，清不清楚不重要。”我说，“就是家里那帮老小怎么办？”

日子就那么晃晃悠悠地过去了。

开过一两次批斗大会，对象是田汉和夏衍，还让夏衍穿上件黑底白花纸马褂站在台上，孤零零地让人批判。

我们都好像全聚德的鸭子，让人填上满肚子怪东西，有朝一日送到火炉子里头。

究竟我们不是全聚德的烤鸭啊！在特殊的这种人造

环境里过一种得过且过的日子之外，你能想得出另外的过日子方法？好吧！乖乖地欣赏眼前的日子吧！

吃过晚饭之后有两类人：

一类坐在大门口石阶台级上，三三两两，装着闲散人样子，欣赏沿大厦散步绕圈同命运的人。

二类沿大楼散步的人。

有人就说："呐，那位平头白发老爷子是个大翻译家。跟不少共产党员关在牢里好多好多年。一直坚持到底绝不投降直到抗战开始国共谈判，从牢里放出大伙。唯独这位老兄，就差一个星期他提前投降了。他不清楚牢门外头的世界，他哪知道就这么七天，几年都熬过来了。放是跟大伙一起放出来，性质上确是起了个大变化。"

有人小声指着散步群里一个高大带有洋气的女人说：

"那位可是位天不怕地不怕的女强人，这位既大方又漂亮的女士星期六打了个电话给屋里厨娘：买只大母鸡炖好，等她星期天回家吃。这电话让管我们的军宣队窃听到了。"

星期一上班，办公厅叫她去一趟，几个军宣队的人等着她：

"你星期六下午打电话了没有？"

"打了。"

"说什么？"

"叫我家厨娘买只大母鸡炖汤等我星期天吃！"

"你在接受审查期间非常不严肃，马马虎虎不考虑自己的问题，还吃鸡。"

……

我和她熟，散步的时候我问她有没有这回事。她说有这么一回事："最后我有点无聊，就用哭声代替回答。问一声我哭一段；再问再哭，最后弄得他们不知如何是好。"

"你走吧！你走吧！回去好好反省，写个交代交上来。"

"你看没看到你另外那些从二楼挂到楼下的大字报？"我问她。

"好几张！不晓得你问的是哪一张？跟同房的几个人闲话，没想到这些阴险小人她们写了大字报。是不是我自夸体形，最好嫁个外国人那张？"

"是嘛！"我说。

"你想想，杀只老母鸡，说自己身材最好嫁个外国人，闲言闲语，日常信口聊天，大家难得住在一起也就这么说了。吃只老母鸡，说自己长得好，怎么变成政治问题？要开除党籍？——可能吗？你想想，这么好的年光，全花在无聊小事上头……我就这个看法，你要揭发，要写大字报你写去好了……"她说。

"我也觉得没意思到极点，浪费宝贵光阴，侮辱文化人的人格！"我说。

"有空再谈，谈长一点！"她说。

跟"译文"那帮老朋友吃西瓜，让谢添、汪洋、赵丹那帮人看到了。

"呵！呵！呵！谁本事这么大？挑这么精彩的瓜？"冰夷低头吃瓜，只用手指头指着我。

"他！"

汪洋这几个人押着我到西瓜堆这边：

"帮我们挑一个，放你走！"

我极力申辩我不是挑瓜里手，是碰巧。

"好坏在此一挑！"谢添说。

我东摸摸，西拍拍，挑中瓜堆最大一个白皮的德州瓜，手拍下去发出噗噗之声。

"就是它吧！"

这瓜马上让四个浑球抱到小柜台那边，给了钱。我也趁机回到自己这边继续吃瓜。

那一头正兴高采烈地切瓜，远远看他们一刀下去，哗啦一声变成一摊臭水，不得开交。趁他们手脚忙乱之际，我跟冰夷他们三个人说："这边西瓜账我已付了，他们马上会过来找我，我得走！"

（"文革"以后有机会常遇到赵丹，他倒是没有提到大西瓜那笔事。谢添已作古，谈不上了。）

就一摊臭水！

李伯钊，中华人民共和国前主席杨尚昆的夫人，北京人民艺术剧院院长，中央戏剧学院副院长，中国戏剧协会副主席，她在我们这里，也冒出一件事，要不，我哪里晓得这位老太太也在我们的行列之中。

大伙吃中饭的时候，同桌的发现李伯钊把一小块肥猪肉留在小盘子里不吃。

饭后领导下令她留在原位置上，一个人坐着，遵循上级命令，接受当时那批勇敢分子的现场即兴批判。

（难以想象的将来，不知又要花多少力气来掩盖，来洗刷这些无知的历史污迹。）

有天半夜，隔壁民族学院忽然大锣大鼓，花炮冲天，响动近两个钟头。

常任侠先生叫醒了王逊：

"呵！呵！你听，是不是搞政变了？"

第二天大早，王逊向军宣队领导揭发常任侠昨晚的言论，麻烦来了！

有好长好长的日子，军宣队领导全力注重常任侠的历史追索，可能有点失望，除了没有入党之外，他一辈子都跟共产党一起，头头尾尾，还是"政变"这两个字。

王逊这边同样地没前没后，无头无尾。过去根本没有来往，连进出美院相遇，见面点头都省了。

"政变"是实实在在，亲耳听常任侠道出。常任侠第二天也没有招供不一样的话，他只说：

"我……我听炮声这么响，乐鼓这么热闹，国庆节都没这么热闹，我内心感觉有点近似'政变'；不是我内心希望'政变'……"

说这些话一点解脱作用都没有，而定案就"政变"两个字一时也定不下来。就那么一直往下拖到各神归各位，回到美院，重新开辟另一番热闹，且不说它。

至于王逊，为什么要揭发常任侠？他一生读过那么多中西文本书籍，渊博当然包括道德为人方面，应该控制得住自己的格调。眼看两个字让一个天真无邪快乐老头变成木人。跟共产党走了几十年前后关系失掉色彩。

设想，王逊当年如果不被牵累成右派，经历右派过程的那一番残酷的洗礼、煎熬，会不会用另一种态度谅解这位天真烂漫的老胖头呢？

我以为他会。

他从小就是从学校到学校又到学校的简单过程。一直跟随全国几位头脑最好的老教授长大，修炼出人生最大的幽默力量。可惜反右把他蜕化成一无所有的蝉蜕。

其实反右就是一次增加人与人之间误解的演习，以便迎接今次的大阵仗。

他并不清楚自己究竟有什么滔天大罪，也不明白自己配不配兜揽这一大罪。

他开始动作了，首先拆下北窗六块我给他结婚画在玻璃上的鱼，那是用不掉色的日本透明颜料画的，像教堂玻璃窗效果。他卸下之后，连同我儿子给他画的灯罩、女儿画的扇子一股脑上交给美院"文革"领导。有一天他用手指敲我的门，他说："你要有思想准备，我把你和表叔（沈从文）都揭发了。"

这是彼我一生最后一次对话。

我告诉梅溪，要谅解他，他太害怕。

从此梅溪不再和他说一句话。曼君上班他没人管，梅溪只按时为他打针，各人都不出声。

一日接到居委会发粮票，王逊躺在床上没人理，那六块玻璃要是没拆多好，你看，北风顶头日夜刮着。

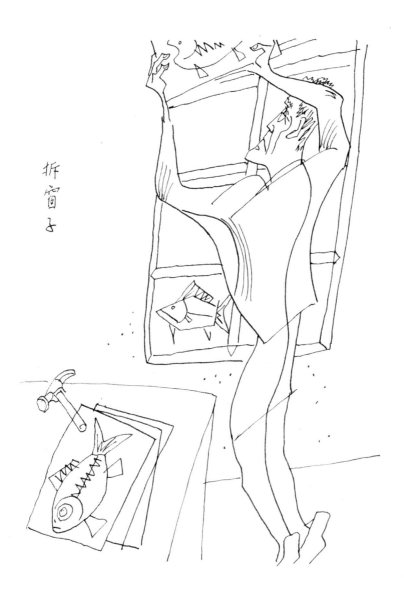

拆
窗
子

黑妮进屋问他粮本在哪里。他指指柜子的抽屉。黑妮看到王逊躺在床上，不停地咳嗽，喘不过气，脸都绿了，便叫梅溪：

"妈妈，王伯伯好像不行啦，快来，快来！"

曼君回来，一起把王逊弄上辆三轮车，送到协和医院。医院得知王逊是右派，不收。

王逊由曼君搀扶着慢步挪回罐儿胡同，次日傍晚病情加剧，再次跑到北京站广场叫了辆三轮车，去协和的半路上就死了。（一九一五——一九六九）

一生才活了五十四岁。

他一生存余的幽默感救不活自己，才短短五十四岁，有多少高明的艺术见解来不及写出来；正常时代他多么有趣！难忘的，我们相处的那些日子……

一九五〇年我在香港大学冯平山图书馆开木刻画展，常任侠先生应徐悲鸿先生之邀，从印度归国，经过香港，来参观我的展览，认识了。他是一九〇四年出生的人，当年才四十六岁，正当壮年。书上介绍他是位研究印度文化的学者，又是抗战期间国内有名的活动家，一到展览会，就觉得亲切。

展览会看过，还坐下喝了茶，谈论了很长一番话。觉得世界上好人那么多，好印象打了底。我回到北京，有幸跟他成为同事。他是中央美术学院图书馆馆长。住在煤渣胡同美院宿舍，我和他经常来往，听他讲一些我没听过的有益知识。

那时候还有不少人不清楚图书馆馆长的分量。李大钊之后的北大图书馆馆长向达先生，还经常受到骚扰。任侠先生倒是不在乎这些事，快快乐乐过他的日子，写他的文章，做些有趣的事。

我回家乡有时曾搜罗一些戴在脑门上的古时的假面具，本地土话叫做"开山壳"，木雕的，皮质的。湘西本地土戏有自己的风格，有时化装认真，有时穿上件不太认真的袍子，脑门上顶个文戏所属的"开山壳"，就那么上场了，不像"打加冠"隆重地戴上全部罩上脸庞的假面具。观众理会就行了。一个戏，现实手段与象征手段相互运用而观众都能吃透，都能谅解。这种传统观念引起了他的思索兴趣。我送了几个"开山壳"给他，他回送一个手掌大的铜浮雕欢喜佛给我。可惜让一个明目张胆的人偷走了。

他有个宝，说是西藏那边买的。镶满金银和宝石的"左旋螺"。拳头那么大。我惊服了。全世界的螺壳，毋论大小，毋论左右，都是右旋，甚至连牵牛花、紫薇花、凌霄花……攀缘性植物都跟着右旋。谁规定的？没有手机，怎么相约得这么好？

琉璃厂街口墙角有一位摆地摊的老人李荣华，经常卖点零碎的小文物、小古董谋生。有时走街串巷，得点自己半懂的东西到我家来，有木刻本子，我买过他两卷明版彩色木刻《孔雀明王经》，很是了得；又发现他带来的杨潜庵收藏的古碑裱好的中堂，旁边有周树人鲁迅的落款，马上写了一个便条让老人家去找常任侠先生，他大喜，让图书馆收罗下来。（我忘了那碑是什么碑？真该打。）也即是说，中央美术学院有一幅鲁迅先生题签的碑文，真值得找出来让大家看看。

我在琉璃厂买了一幅乾隆年间艺人画的"美人乳娃"的油漆画，一位小脚年轻妇人躺在榻上，专心地给一个小娃喂奶。我装好框架，挂在客厅当眼地方。

常先生隔不三两天来看一次，赞美一次，有一次说溜了嘴："真像我现在的夫人！"

毛像吮老婆！

原来如此！

常先生是个光明磊落，十分自在的趣人。他能在任何细微地方发现妙处，还邀人共赏。他送过我一个烟斗，在印度泰戈尔花园捡的。自己题了字，请刻手刻了，诗云：

猎人叼烟斗，

举枪更有神。

莽原雉与兔，

无处可藏身。

一九六六年的国庆节到了，牛鬼蛇神没权参加天安门庆祝，只在牛棚讲台当中放了一台单色电视机，十点钟的时候打开，让牛鬼蛇神们观看。

大家欣然启座，调匀呼吸迎接十点钟到来。

常任侠从自己抽屉底下取出一个早餐吃剩的馒头，用小刀慢慢一片一片地切开来，准备观看电视之余慢慢享受。不料这时让那个"红色"牛鬼蛇神李姓家伙揭发了：

"边吃馒头边祝国庆，太不尊重，太不严肃了！"

造反派学生头头认为揭发有理：

"······你个常任侠老混蛋，你看你对国庆节什么态度？滚到黑板这边来！肃立！不许动！"

原先见常公拿小刀子切馒头，我也动了馋念，都只是一种无可聊赖行为，犯不着这种人格侮辱。仗势玩弄于一个老人家，能显多少威风？多少快乐？

我说："我也吃了馒头！"

造反派学生马上火起：

"你也混蛋！滚到黑板右手边去站好不动！"

······

······

"唔！黄永玉能主动交代，这是正确态度，回到原位置上去。"

一个凌辱老师很厉害的学生是京郊西面温泉乡的人，他要在家乡人面前显示自己的威风，有一天全部老师包括党委书记、院长、副院七八十人，被他押解到温泉乡去。

来到一个周围是树的小广场，农民群众看热闹地把这几十人团团围住。这几十个人被整理成高低三排。

这位造反派简直是过足了瘾，他以为这种横打竖敲老师的绝对权力是没有止境。

他向农民群众一个个恶意介绍哺养过他学识的先生。到了常任侠，他对农民们高声喊：

"这家伙臕长得最足!! 上课专给学生讲黄色诗词。"

任侠公马上更正：

"不! 我讲的是毛主席诗词。"

诗词不诗词，这么热闹的场合哪顾得上分类? 便齐声地嚷起来!

"好! 来一盘! 来一盘!"

造反派头头便命常任侠走出队伍三步。

真没想到我们这位常公好像正式演出一样，朗诵出这首诗：

丞相祠堂何处寻?

锦官城外柏森森。

映阶碧草自春色，

隔夜黄鹂空好音。

三顾频烦天下计，

两朝开济老臣心。

出师未捷身先死，

长使英雄泪满襟。

朗诵完毕，大家鼓噪叫好，常公鞠躬致谢退回原位。

以后多少日子，碰见他，问他为什么背那首诗？他说：

"读什么都一样，他们根本就听不懂！"

头一次抄家，动静很大。

第二天造反派命令各人谈谈心得感想。

有的人说："抄得好，把旧作风、旧基础连根拔掉是好事。"（我心里想这家伙不配称文人！）

有人说："我很少买书玩东西，我没有什么思想活动，抄了就抄了！"

有人说："有些从国外带回来的大画册，很珍贵，抄走乱翻，很可惜！"

我说："为了版画，费力气收罗了一些原版，舍不得，怕给糟蹋了。"

常先生放开喉咙说："抄家这种行为嘛，书上见多了，重新提起来意思不大。我常任侠是个读书人，自然有好多藏书，收了丢，丢了收，一辈子恭逢抄家就有过四次：第一次是拳匪之乱，我还没生，后来听说家中损失了财物还死了人；第二次在南京，国民党抓共产党，我也顺带被抄了，自己以为在挺胸仗义，当做光荣；第三次是八一三，上海日本人弄的这一次比较简单，他们是内行，把好的都拿走了；第四次就是昨天这一次，除了我老婆和孩子，什么都卷走了。所以这辈子买到好书卷，马上认真读进脑子，遇到抄家，没有抵抗的余地，也惯了……"

"你听听你自己说什么话？你把这次'文革'的革命行动跟清朝，跟日本人，跟国民党混在一起。你看你混蛋不混蛋？"造反派骂他。

"损失的是我，不是你。你年轻，你不会有这种感觉……"

一九七〇年美院全体教职员工下放河北磁县，一律由一五八四部队领导。

常任侠先生是著名学者，却分配在职工组与职工一起。因为图书馆馆长不是教授。跟职工一起生活一起劳动，一起开会，多少年，烦闷环绕着他。

他的体形、生活习惯、劳动能力和年龄一直成为被调笑的中心。偶然开大会我们得偶然晤面，像逢甘露似的喜欢，见他难得的叹息。

听他那边的人说，这老头很倔，他以前图书馆的一个职工骂他："懒，馋，占，贪，变！一点学问都没有！"

对驳起来，他说：

"照以前，我的稿费可以买你！"

差一点挨了打。

有人惋惜："要是悲鸿先生没有去世，他就不会有此遭遇。"

有人哈了一声："悲鸿先生自己到时候也保不住！"

"文革"期间，造反派知道我们有交情，要我写材料。我材料上写："五〇年在香港大学冯平山图书馆画展上认识，穿着很朴素，灰白卡其布上装，一条打高尔夫球扎膝裤子，长筒袜套着，黄皮鞋，形体魁梧，令人尊敬……"

造反派一直这么咬住不放。

"文革"后见了面，偶然提起高尔夫裤子，他就大声地向我这个揭发人追索，陪他去西装店去看看什么叫高尔夫裤子？讨我赔一条从未见过的高尔夫裤子给他。

那些年，人大会堂、政协礼堂常常有晚会活动，演出或是酒会，我们只要有空都会参加。最感开心的莫如任侠先生。那时千人丛中找人最难；只有找任侠先生最易；你只要往女性最多处一看，那座巍峨的身段，高亮的嗓门马上能显示他快乐的存在。

女同志们接近他因为他无邪；他喜欢留在女性当中可能是安全，也可能是闻到别处闻不到的温暖。

二〇二一年十二月十日

孤梦清香

—— 难忘许幸之先生

知道世界上有许幸之先生，是很久很久以前的事了。大约一九三九年吧。有个短时期在仙游跟陈啸高先生混饭读书，晓得陈先生在上海跟许幸之先生举办过《阿Q正传》的话剧演出。

多少年过去，我在中国东南一带漂流，偶尔听到人或报章杂志提到许幸之，免不了心头泛起了一种快意：我认识许幸之很久了，虽然没有见过面。

一九三九年到如今的二〇二二年，八十三年过去了。

有天跟朋友论诗词谈到田汉先生的抗战歌词：

九宫幕阜发战歌，洞庭鄱阳掀大波；前军

已渡新墙去（新墙河），后军纷纷渡汩罗（汩罗江）。

多么雄壮气派，多么好听长人志气。

又提起《义勇军进行曲》也是田先生写的。早逝的天才聂耳，逝世才二十三岁。呼天抢地地可惜啊！有人说，《义勇军进行曲》最后那"冒着敌人的炮火，前进！冒着敌人的炮火前进！前进，前进进！"是聂耳完成了这首歌曲之后冲进许幸之的住处，聂耳唱了几遍之后，许幸之建议加上的。加得真好！

这是许幸之导演的《风云儿女》两首插曲之一，另一首叫做《铁蹄下的歌女》，也是非常精彩，聂耳作曲，许幸之先生作词。这首歌我自小就会唱。《铁蹄下的歌女》我连节拍都没忘记。昨晚我一个人独处客厅的时候，自己来了一下，嗓子气力之外，其他都百分百可以！

许先生一辈子都在党的领导下做各种各样活动，毛主席周总理少奇同志都称赞过他，陈毅老总派人秘密把他从上海接到苏北解放区，开展各类文化活动，左联的筹备有他一份。严格地说，不清楚他为什么一生没有参加共产党？

而只有蒋介石把他当共产党关了三个多月。

《风云儿女》这部大电影脚本是夏衍写了交给许幸之执行导演的，完成之后很轰动。其中两首插曲，一首成为国歌，一首美得流传至今，听过的人很难忘记。

许先生是画家、戏剧家、诗人，中国重要的早期美术活动家。

上头写的只是我点点粗浅的知识。

真是做梦也没想到，他居然到中央美术学院当教授来了。

你哪里不去而到美院来干吗啊？许先生！

我俩有机会第一次见面时，紧紧握他的手，告诉他我认识陈啸高先生，清楚他们两人在上海合作《阿Q正传》的演出。他噢噢地微笑，这段历史小点滴没给他留下太多的趣味。我清楚他把这一段小过场只写在自己另一本历史的厚书上。

哎！忘记了老人家来美院的确切的日期，多少年交往也不多。他逝世的时候我不清楚，没有机会向他老人家告别鞠躬，都是深深的遗憾。

跟许夫人卓文心有过几次关于卓别林的交谈。她正在翻译卓别林的一部重要的传记。以后的社会变化可以估计到这部译作的命运了。这不光是师母一个人的事，还有出版社和许多别的问题。没听到这部书的出版。

跟许先生和全院教授一起讨论问题的机会不是没有，记忆中有过两次。那是在文艺问题上大家有些惶恐的时代，口头上交下来的任务。

一次是红专和白专问题，大家挤在我至今记不住的会议室里和新来的三位院领导，其中一位名叫"齐澍"主持会议。不知怎么的一下子谈到民间艺术，更具体地说起北京前门外摊子上卖的玻璃紫葡萄。

要是谈民间木版年画、陕西窗花，界限就很容易清楚了。

摊子、小店铺卖的玻璃紫葡萄有精致的和粗糙的，手边没东西，拿不出根据。大家发言都蹑手蹑脚，吞吞吐吐两不得罪。人民性和艺术性。在玻璃葡萄上不太拿得准自己主意和上头的要求。

许幸之说："前门外，东安市场玻璃葡萄我没仔细看过，没资格发言。我只是希望不要让大家整个下午宝贵时间讨论并不重要的玻璃紫葡萄问题。是不是可以换个题目？"

"呵！呵！今天下午我们正要讨论'拔白旗'问题。艺术有没有高低之分的问题。好了，这下你送上门来了！"齐澍说。这话居然不少人附会。

许先生一声不响地站起来，径自回家了。弄得举座瞠然。

我有点担心许先生此回的后果。过几天遇见他，意态潇洒，和往日一样，不见有困顿的颜色。

又过了一些时候，上头传下来要批"印象派"。

"印象派"？不是苏联不少作品也都有"印象派"的痕迹吗？

后来知道仍然是苏联的文化新领导发的最高指示。

"印象派"的出现对艺术有很大的推动力，他们把太阳的作用带到画面上来了。世界登时出现喧哗美丽的光亮。

让中国第一家美术学院热烈地批判"印象派"简直是美术界空前大笑话，院长徐悲鸿生前根本耻于现代诸派，岂不撞个正着？这是大家都晓得的。

为什么反对"印象派"？简单地回答是上头交代下来的一种"不敢不无知"的"无知"行动而已。

批判"印象派"是在 U 字楼偏西的地方，排上了几十张学生课椅，记得还有几张小茶桌。

翻译中国最权威画册《印象派》的美术研究所的吴甲丰也来了（主持接待批判会的人是谁？我忘了），我特别要看一看许幸之先生来了没有？来了。

吴甲丰是我老友，我有点替他着急。

今天谈的是"印象派"不是吴甲丰。也有人提到吴甲丰那本书《印象派》。他说："我稍微懂一点外文，领导就要我做这件事了；平常，我想做还没这个资格咧！"

有趣的是我们可爱可敬的大诗人艾青也来参加讨论会。他跟院长江丰有多年的友谊；当年他在法国留学的时候就喜欢法国绘画的各种流派，眼前他常常来美院活动，有时跟年轻老师或同学聊天，大家都把他当一家人。他也来画人体素描，老来老来。跟女模特儿熟了。休息的时候他会对女模特说："×××呀！这几天你瘦了。"

下课之后，同学们有时学着他的腔调和架势，指着一个同学说："×××呀！这几天你瘦了。"

那些年，开这种玩笑算不得一回事。

有关"印象派"的讨论，许幸之跟艾青没有坐在一道。

上头要求的是批判。大部分的嘴巴都朝着一个方向，说"印象派"是资产阶级的，表现的都是资产阶级的观念的作品，花呀！女人啦！妓院啦！舞场啦！大部分都是吃喝玩乐。

记得许先生发声是：

"'印象派'的出现，恢复了自然界的美感，更方便地表现现代生活。说他们思想上的落后，他落后他的，我们用他们开掘的思想和手腕画我们的，把他们开拓出的色彩观念也变成我们顺手工具。就像我们搞建设买的外国机器一样。用不用在你，没人强迫你用。我就喜欢欣赏印象派。只是有益于我的欣赏，我画我自己的格调。好像面对一盘你不习惯的好菜，不吃可以，你摔盘子干什么呢？"（大意）

艾先生的发言短：

"艺术这东西嘛！欣赏也要讲水平，不懂得欣赏是一种水平，水平有高低，这你不能否认。我在法国开始看印象派也不懂，多看几次，又听朋友不同的赞美，自己也就慢慢懂起来，喜欢起来。他画一朵美丽的花，他画的比真花更美。他画一个人、一个场面，比真人、真场面更美。你反对他干什么呢？

"你为什么不去画大便？大便不美嘛！（笑！）

"这也有个会琢磨，会选择的问题。

"印象派当然好，批他干吗？还是堂堂美术学院，让人笑话。"（大意）

好多年过去了。

老天安排我跟许幸之先生住一起好几年，他大我二十岁，我能做的他大多做不来。在这些日子里，只有年轻点的人有机会发笑，老年人一般是不笑的。那时候老年人最希望年轻人帮他做这点事，那点事。

许先生看我每天扫大院时很轻松潇洒，他便走近身边对我说：

"麻烦你帮我也做支'小红毛'。"

"小红毛"是我们特殊生活里的"行话"。画细致的国画要用一种尖细笔头的毛笔，这毛笔俗称"小红毛"。

要在平常，我发明这种工作效率极高的扫地法，应该老早就被选为什么"手"了。眼前这环境最是培养谦虚的天堂。

我的发明有二：

（1）在一支笨重的大竹埽里抽出五支小竹支，用一支一米半的小木棍绑紧，行动轻快方便，故命名"小红毛"。

（2）建立一个三人小组，成员以许幸之这种一九〇四年前后出生的人最是合适。许幸之手持"小红毛"在左右两边扫摇前进，左右两边老人各持普通扫把将垃圾顺势安排成十步一堆。劳作范围有严格规范，回头再将两边垃圾铲进垃圾车运往操场尽头垃圾坑里。劳动效果要比平常扫地起码快三倍以上。

自然，"知识产权"当时还没有建立，我跟许先生的友谊却增进不少。有一天他偷偷告诉我："'美术家协会'进门右手边那棵海棠树底下，有好大一堆蘑菇，起码有一脸盆，要不要挖出来？"

"慢慢慢慢！让我去看看，我怀疑，要是真能吃，怕不早早给人捡了！"

"美协这时难得进一个人，没人动手的。"

走进一看，"这地段由你负责。挖了！"我说。"挖完浇一点醋。要洗手，有毒。叫做'毛鬼伞'（Coprinus comatus），碰不得。彻底铲了算了。"

第二天，美协传达室那个酒鬼老赵遇见我们：

"你们这些牛鬼蛇神怎么把我的蘑菇铲了？"

"你要这些吃了会死的东西干吗？" 我问。

"你怎么晓得吃了会死？" 老赵问。

"我小时候山上常见；后来书上也见过。你问起我，算你运气！"

这老赵仗着眼前局面，口气和嗓门不太一样。以前我们老开玩笑的。他死了把他泡在大玻璃酒缸里。他说："好，好，好，要茅台酒泡。" 我们不答应，只舍得用啤酒……

他也受过批评。春节，年初一正好他值班，一肚子不高兴。电话来了，问他是哪里？他笑眯眯地回答："火葬场。您家有事吗？"

后来被追查到是美协传达室老赵值的班。他这个人，刚喝半杯酒，就忘了事情轻重。他办事有很多长处，那时候我们对他都有好感，心想他应该算个快乐人。

还有一件事最后说一说。

一九六二年许先生画了幅油画《跃进号》。

一九五八年十一月二十七日，大连造船厂完成了中国第一艘万吨巨轮，只用了五十八天时间。真是创造世界造船新纪录。六三年四月三十日装载一点三万吨玉米和三千多吨矿产及杂货驶离青岛开往日本门司港。五月一日经过朝鲜济州岛触礁沉没。

马上谣言四起，说是让三枚鱼雷击沉的；也有人说是被中日战争没清扫干净的鱼雷炸沉的，也有人干脆就说是美帝潜水艇的勾当。美帝也就赶紧声明那几天没有美国海军军事活动。

这件重大不幸事件与许先生有什么关系呢？

阴险的谣言出来了。

"'跃进号'的沉没，许幸之很高兴。他画的那幅《跃进号》值钱了！"

为什么要这样说呢？人的思维就这么低级下贱吗？

二〇二二年八月四日于北京

远扬的云朵

这是一九四八年下半年在香港的事。

是黄雯医生打电话来，说有一位半唐番的美国女子韩素音想认识我，跟她约定下星期二在他家喝下午茶，接着吃晚饭，如何？这没什么如何不如何的。黄雯家饭菜本就吸引人。

黄雯医生是个艺术爱好者，收藏我不少作品。他家阔气，在他家做客是件快乐事。

"那女的是怎样的半唐番法？"

"是个文化爱好者，学过医，一直在北京念书。大半辈子在中外跑来跑去，爸中妈洋，自称是中国人，拿的是外国护照，也在外国大学混过，有点道理。是个快乐人。"

星期二见了面，好像彼此都不讨厌。

问我去过外国没有。

"去外国干什么，我一句英文都不会。"

"美术家怎么不上巴黎、罗马看看？"

"我有好多理由现在走不动。不急。先清楚自己的地方，要紧！北京、敦煌、开封、龙门、云冈、会稽山……我是个当主人的，那里好多东西都让你们拐走了，自己还没见过……"

"嗳！嗳！什么你们、我们？你把我当谁了？"

"看看你的脸，时常会把你当作'你们、他们'，对不起！"

黄雯在旁边笑歪了脸。

问我读书、刻木刻、写文章，还讲了一大堆沈从文，还讲到有过去延安的打算。她说她也有过，眼看好多老朋友正从延安往外打，要早去几年多好？现在白凑合了……

"我不少朋友喜欢你的木刻，委托我向你买几张。"

"买什么？留个地址，明天委托人送过去！"

……

……

人同人的缘分就是如此：有的是一辈子黏在一起，笑也不是，恨也不是，最后白刀子进，红刀子出，了断终身；有的是眨眼而过，却长时期地令人反复思念。

对于韩素音，认识她，说了话，通达人情，是位有点意思的人。后来回北京，大动荡生活中，确实把她忘了。也大略估计，这辈子未必还有机会再见一面。

十八年之后，"文化大革命"开始了。

中央美术学院所有的教授老家伙们都被关进了"牛棚"，由美院学生们组织了两大造反派队伍，一派叫"革联红旗"，一派叫"革筹"（革命筹进委员会）。另外大厨房大师傅们、传达室员工以及全院的杂工加上几位学生组织了一个"工人革命委员会"简称"工革会"。中央美术学院这三个革命委员会夺了全院领导的权，我们这批"牛鬼蛇神"不管是哪个系统的人来管理，都是服服帖帖十分听话。

大家集中在原本属于版画系的一排平房里，两头到晚上一锁，比真的牢狱还可靠。历史开了个大玩笑，所有人数居然统计为一百零八人，跟梁山泊人数凑成个亲家。

牛鬼蛇神们的生活极为单纯。全院的打扫、厕所的清

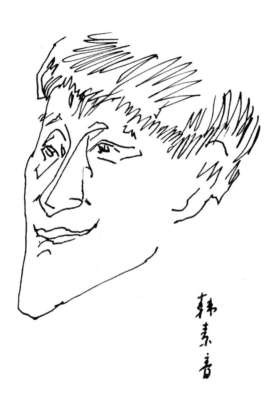

理、废砖砖土的掩埋整顿，只见年近七十的李苦禅、许幸之、李可染、常任侠、叶浅予、王曼硕、李桦……推着套斗车来回于垃圾站途中。中午轮流到大厨房打大家的饭菜。饭后就地铺了厚稻子和竹席，再铺上卧具休息。（后来改为木架双层床过冬）我不知从哪里弄来一份报纸，头版头条一张大照片，中央领导人接见"名作家韩素音"。

看着看着我微微笑了一下。

旁边一个出名凶险爱打小报告的问我："你笑什么？"

我问："我笑了吗？"

"不要赖，我亲眼看见的。"他说着说着站起来。

研究所的温廷宽说：

"看《人民日报》犯法吗？轻轻笑一笑怎么样啦？"

黄铸夫插了进来：

"你大声点告诉大家，看《人民日报》国家领导人接见外国名作家不准笑！来呀！来呀！你原来就臭气熏天，还要在这里耍威风！"

这位老兄听了黄铸夫的话，"哼"了一声走了。

黄铸夫是老延安，清楚他底细，他怕！

一个团体出三两个这类活宝，是大大不幸。寝食难安。

鸡犬不宁……

一九四八年到现在一九七七年，二十九年过去了，韩素音！韩素音！九年不见，我躺在稻草垫子上，正欣赏你蒙大人物接见啊！

日子一天一天眼看它白白过去，"文革"没有了，"四人帮"垮台了，抓起来了。

抓起来是什么意思？"四人帮"从上到下，大大小小手脚，老老小小的爪牙都不再欺侮人了。死掉的不算，活着的老百姓，不管干什么行当，都咧开嘴巴，迎着太阳，深深地喘着几口大气。

才敢那么喊几声："唉！日子哪能像你们安排的那么过啊！"

过不了多久，学校领导方面通知，"韩素音要来罐儿胡同访问你，这是对外文委通知的，你们考虑怎么办？"

"我怎么清楚怎么办？十几年前在香港认识的人，中间不要说联系，连一封信都没写过，不见也就算了……"

"韩素音指定要访问你，你那住处眼前这种情况，我看还真的不能接见重要外宾。你看，我们考虑这样，借别人的住处暂时接待一次，比如吴作人的房子……"

"这怕不好，新闻记者最是察言观色，这诓不住她的，让她发现其中有假的布置，好好的一件事被她看穿，这犯得着吗？"

"我们再回去把你的意见研究研究。"

传呼电话来了：

"照你的办！"

"照你的办！"的意思就是像自己过日子一样，准备些糖食、好茶叶。

下午两点钟，到了。进屋先介绍妻子和儿女，开始喝茶。

"知道你写文章惹了祸。我来北京不少日子了。我走运是来得及赶上跟江青过了一段日子，又来得及看她坍台。我向杨打听你的下落，他说我运气好问对了，隔不几天就见一次面，他说他选哪天带我到罐儿胡同。我说：你说明了地址，我哪用你带？说着说着我就自己来了。——你原来就住这屋子？"

"原来比现在要好一点，南边这一排都是我的，这屋原是养狗的。两扇窗让一堵墙堵了，白天只好开灯。"

"我记得在黄雯家见面的时期是一九四八年。"

"对！台湾彭某要抓我，朋友送我从基隆搭船到香港的。我一九五三年到的北京，儿子才几个月，女儿还没有生；眼看快三十年了。"

"你来北京原来在哪儿工作？换了几个地方？"

"一来就钉在中央美术学院直到现在，哪儿都没换过。"

"我记得你在香港对我说，回北京在北京西郊买块地，盖几间平房，养几只奶牛，一早起来就给人送牛奶，有空就为商务印书馆或中华书局刻词典插图，我那时就觉得办不到。你要去的地方不是你自己编造的神话乐园，我怕扫你的兴，不敢当场指出。你记不记得？"

"记得记得，我还请我的二襟兄给我设计了一张详细的园林图，他是美国麻省理工毕业的，你要不说，我早忘了。"

"我也有我的不幸，死了亲爱的丈夫，现在嫁给一个印度军人。"

"对不起，我们一点都不知道，没有说一点安慰的话。"

"唉！都过去了，别在意。问一下，洗手间在哪里？"

女儿回答：

"我们没有洗手间。你不好去公共厕所，大家正等着看热闹，要是你去公共厕所，一百个人会围拢来看你。"

妻子说：

"里屋有痰盂，你勉强用用吧！行吗？"

妻子马上陪她进里屋。解决了。

"江青对我很客气，亲自陪我看这看那，为我当讲解。还陪我看样板戏。一进场大家就鼓掌，她就向四方八面招呼。服务员送上好茶，还送上热手巾，她擦过脸后还擦手臂，撩开裙子擦小腿。服务员取走了毛巾之后，她两手扯住裙边下摆来回扇风，一边说，这剧场真热得死人。她完全不管众人的注意，弄得我坐在旁边很不好意思。"

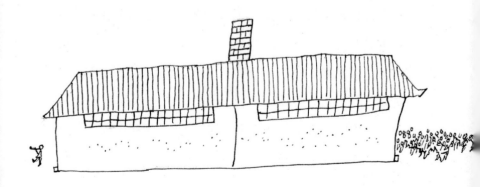

记不起她来过罐儿胡同几次，反正不止一次，都是吃饭才走。

有次她问我，要不要一点外国东西？我要她订两本杂志，一本是《笨拙》，一本是《俚俚普》。登一些引人发笑的东西、漫画和文章。实际上我不懂英文，全孝敬懂英文、会开飞机的吕恩的丈夫小胡了。

有一天，收到一份请帖，主人是韩素音，席设崇文门新侨饭店，时间是某月某日几点钟。

没想到她请了那么多人，起码有三十个。

连外国人都是熟面孔。大都是外文局的；然后是杨宪益、戴乃迭、乔冠华、章含之、夏衍、黄苗子、郁风、丁聪、沈峻、熊向晖、梅溪、永玉。

席面辉煌讲究，韩素音举杯致辞：

"今天我在这个难得的时空做主人，真不客气，真感荣幸，质量这么高的客人，做梦也难以想象，正如友人所云：'高朋满座'"……

坐在我边的丁聪问我："'高朋满座'哪篇文章里头的？"

我哪里记得，只好问隔壁的黄苗子，他眼睛一瞪，问杨宪益，没想到这位老书袋也傻了眼，问夏衍，夏衍呵了一声卡在喉咙里；问乔冠华，他不假思索地朗诵起来：

"滕王阁序，王勃。

"豫章故郡，洪都新府。星分翼轸，地接衡庐。襟三江而带五湖，控蛮荆而引瓯越。物华天宝，龙光射牛斗之墟；人杰地灵，徐孺下陈蕃之榻。雄州雾列，俊采星驰。台隍枕夷夏之交，宾主尽东南之美。都督阎公之雅望，棨戟遥临；宇文新州之懿范，襜帷暂驻。十旬休假，胜友如云；千里逢迎，高朋满座。

"高朋满座在这里！哈！哈！哈！"

············

这个宴会结束不久，就听说乔老爷逝世的消息。

二〇二二年四月五日

130

让这段回忆抚慰我一切的忧伤

和老潘两口子做了五六十年朋友，写起两位的名字来，笔画上总是拿不准。

我也奇怪，潘家邹家长辈们给那么可爱的儿女起名字，为什么都同声共气地存心让他们的朋友为难？当然，章太炎先生儿女的名字更不幸，第一次见面还要朋友去翻字典。（章叕、章㸚、章㠭、章㗊）

写到这里，我不免要暂时停一停，等女儿上街回来，把伯伯和伯母名字的正确写法告诉我。

女儿回来，一笔一笔写在纸头上：

潘际坰、邹絜媖

际垌兄是浙大数学系毕业，平生做人一板一眼和算数一样，絮娸大嫂百分百上海派头，爱打扮，出手豪放，几十年前陪她上王府井走走是要一点胆子的。（我更怕碰见美院的同事）

所以说这一对夫妇能毫无差异地、甜蜜地如胶似漆地生活了一辈子，连做朋友的都搭上不少幸福。

一九四七年在上海认识老潘。我写了一篇清明前后龙华寺的小文章，韦芜老弟自告奋勇地拿去交给《大公报》的一位姓潘的同事，姓潘的同事当时很可能在编一种类似于地方版的副刊。用上了。还说了几句让我听了很舒服的话，韦芜转告并且相约咖啡馆喝了一回茶。

这件事一分手，就忘在九霄云外，直到一九五三年我全家搬回北京工作。

我在香港《大公报》工作多年，香港驻北京办事处主任竟是当年在上海的老潘。潘、黄两家从此就来往起来。潘家有两个女儿、两个儿子。大女儿家惠，六七岁大，每回开门都是她，"黄叔叔，张阿姨"一直叫到今天；她大概七十多了吧！她给我的印象是两个——小时候的那个；今天的这个。两支小辫子，小红脸蛋，永远快乐的声

1961 年摄于安居里。前一、二黑妮、黑蛮；
黑蛮左后方小妹（潘抒），右后方小援（潘援），
正后方小二（潘捷）。

音。长大后承担的责任，背负的甘苦，那么沉默懂事地应接下来。大儿子潘援，高高瘦瘦，靠椅子窝着，手里老抱着一本书，像个北大教授。二儿子潘捷，白皮肤，睁大一对诧异的眼睛看人，认真地聆听。小妹潘抒，年纪小，总是躲在幕帘后看人，黄叔叔也认真看她，看到她长大，成人，经过上山下乡的离别；然后是此生难卜再见的大离别。

孩子们见到我来，好像自己的亲叔叔一样，有什么说什么。不过老潘的家教严，少见别家有那么严的分寸界限，当时我还认为有些过分，现在才明白教育子女应该学老潘、絮媖的套路，可惜悔恨已迟……

老潘的家在华侨大厦斜对面一条胡同里。我不想写得太明白。他们家是个独院，常常有陌生人敲门要求上一趟厕所；甚至还打电话来问："你们家有厕所没有？"我在的话，跟他们家一起奇怪："他怎么清楚这里的电话？"

虽然有这些莫名的骚扰，我到底还是羡慕潘家的独门独院。小虽小，倒是像一口蜜罐罐，全家挤在一起多么甜蜜！

老潘的日常工作就是坐在卧室的一张办公桌边写信或打电话给香港《大公报》向内地各界熟人约稿。被约稿

安居里「潘家小院」

北京城有这么一座小院，还真不简单。

的人辈分都不浅，浅了香港读者不认识，等于白约。这一批人有的是全年连载，有的是名人的即兴，有的是专访约稿。大家都愿意为祖国在海外的报刊写稿，报道祖国发展的消息，包括最近多年积存的有趣的文艺掌故……老潘的责任是双重的：把好的稿子准时地寄到香港，又准时地把稿费——从港币转成的侨汇券——亲手交到作者手中。所以不少人都羡慕侨汇券稿费的作者。

香港《大公报》方面来了人，老潘又得把原来在香港《大公报》待过而今在北京的老伙计或关系人招来见面。

他们是有事来北京的，开完会或是办完事，老潘就会找个馆子让大家聚一聚，聚完了还舍不得散，便在老潘家聊大天，茶或咖啡。一次是熬到半夜还不散，难收手的棋局——

有人提到下"暗棋"，陈文统说："下暗棋很普通！"

绀弩蹦起来："咦？普通？"

老潘对绀弩说："聂公，我两个人对付他，来一盘。"

"敢不敢试试？"绀弩问陈文统。

陈文统懒洋洋说："试就试试 ——永玉摆棋子，摆好叫我一声。"说完转过身抽他的烟。

你看看，都几点钟了？

开始了，聂、潘两人默默地指手画脚移动棋子，由我朗声念道："炮二平五……"

文统背着身子说："马八进七。" 我帮他移棋子。

不出几回合，眼见聂、潘两个慌张起来，相互推诿。勉强移动了"炮"，"炮几平几。"我说。

陈文统说："炮怎么过得来？我马踩了。"

堂堂两位七尺大汉，居然守不住一个"炮"。

"不下了，不下了。"绀弩不停地"咦？"。

聂、潘两人几十年来看待"象棋"如性命一般，下场竟然如此，堪叹！写两个人下棋人生，可以出一本不薄的书。

我和老潘从来不谈下棋的事。他对我的生活却有些好奇，比如打猎，比如爱音乐。

我没听老潘唱过一句歌，或稍许谈点音乐感受。他认识赵沨、李凌、马思聪、马国亮……絮姨喜欢京剧，有时还在青年会搞点演出，我知道她演出过《打渔杀家》的桂英。奇就奇怪老潘对音声方面从来没有碰过，毫无关系，怎么可能呢？真是天晓得。

一次，他竟然提出要跟我去打一次猎。这提议真把我吓一跳，我当然开心。一个好朋友，一个正常心地的好友老实巴交地愿意陪我在地狱边沿坑坑洼洼走这么整整一天。寸步不离，鸦雀无声……

我善意地相信，除抗日战争携家带口给他留下的苦难印象之外，这是一种最和平性质的机会。

美院同事王增夫介绍通县西集村委的朋友孟庆林给我，他在那里当秘书。我们先坐远郊公共汽车，在西集孟庆林那里住一晚，第二天天没亮就出发，晚上回西集老孟那里。

那时的北方，收割以后就是一带大平原。远看像大平原，认真走起来有点像运动场的跨栏赛跑。大平原一棵棵"山里红"树散在上面，间或一两堆荆棘，干枯的池塘。那时代还不兴盖结实漂亮的房屋。说起来当年的农村谁都清楚是个什么样。

我打猎的行头永远没什么变化：猎枪，猎刀，水壶，塞满子弹的牛皮背心，斜挂一个大口袋，窝窝头，防蚊油，一小包盐，烟斗，烟丝包，打火机。

老潘带的东西全是絜媄对猎人丰富的想象积累化：背包，背包里头的煎饼，雨衣，折叠刀，美国刀伤药粉，茶杯二个，地席一小张，硬皮儿笔记本，自来水钢笔（插在胸口口袋），墨水一瓶，美国泻药丸，防晒霜，折叠凳一张（挂在背包后），高筒回力球鞋，香皂，固本消毒药皂，洗脸用具加漱口缸子。

当晚老孟请吃晚饭，有菠菜、豆腐、腐乳、咸鱼……没想到是吃面，老潘向我使个眼色："了不起！"（三年困难时期）

还有酒！他俩一人一杯，慢慢地抿，晓得就点这么一下，没人敢说："干杯！"晚餐完了喝茶，和老孟聊京剧，老潘也不旁听。他跟梅兰芳熟，跟程砚秋、裘盛戎、谭富英、马连良们都熟，访问过，让老孟佩服。尤其是"宣统皇帝"，老潘是中国第一个为他写书出书的人。

说时迟那时快，老孟叫人捧来一大簸箕的带壳炒花生。（簸箕一米多宽，五寸半高）

那时代能看到这么多花生，真以为在做梦。

"老孟同志，不怕你笑话，我多年没见到这么多的花生了，我要是回城告诉我的朋友，都会以为我在讲梦话。"老潘讲。

"别客气，别客气，一边剥一边聊吧！后天你二位回北京各人带一口袋回去，我都准备好了。"老孟说。

我和老潘研究了一下，各人取出一斤粮票来交给老孟。

老孟说："我这里不太习惯向客人拿粮票，收了也没地方登记；以后再说吧！早点休息，明天见。"他走了。

第二天天没亮，我和老潘背上行头出来办公室，老孟送到大门口，指着还没出太阳的东边：

"奔太阳出来的那边走，太阳落的那头回来；大雁还没有；兔子会不少，祝你们好手气！最多六十里，累不到哪去，好，晚上见，我等你们二位……"

高一脚，低一脚，点点希望的曙光还没出现。

老潘说："你看我蠢不蠢？带这么一大堆一点用处都没有的东西出门，把最重要的手杖忘了。我怎么会把手杖忘了呢！我这一辈子最要紧手杖的时候，哪怕是一根普通棍子也好！我就这么蠢！你说，有这么蠢的没有？"

"出门在外，总会忘记东西的。打猎性质不同，回回带东西就那么几样，怎么忘得了呢？不是蠢不蠢的问题。你头一次跟着打猎，图个好奇尝新，哪里能考虑这么多？何况帮你准备的是絜姝：一位女同志！"

"她自以为比我高明！总抢在前头做！"老潘说。

"我也不清楚，她不抢着做，你能做什么？"我说。

老潘说："坐一坐，休息休息等天亮。"

我心想今天的猎事可能要吹："好！等天亮，我抽袋烟。"

老潘四下摸口袋说："烟斗也忘了！"

"这下你怪不得絮婊了。"我说。

"香烟忘在老孟办公桌上。"老潘说。

"你可怪不得老孟！"我说。

好不容易两个人起身继续猎程。我时刻提防忽然窜起的兔子。老潘在后跟着，按狩猎规矩是少讲话，而不跟老潘讲话似乎是一种苛刻的虐待；所以这一路注意力显然不能集中，兔子一跃十来米，何况太阳偏西，一只兔子也没见过。

老潘每走二十步或二十二三步都要休息一次，甚至公然对我说要"躺一躺"！我只好耐心站着等他。

几十年后的今天我写出来，一点也没有感觉对不住他的在天之灵，一点点夸张的口气都没有；不过这件事即使用最写实的手法也不能说，只能提起我们在某年某月一起打过猎，没有收获。

也不能说完全没有收获，一人一口袋带壳的炒花生带走几步，睡一睡。
从东到西六十里呀！

回家里的欢腾是个铁打的事实。

我承认那天六十里一只兔子、野鸡、大雁都没碰见，如果老潘在旁边，他会站出来证明我说的绝对是真话。

我紧紧记得住大家做了几十年骨肉朋友硬遵守的礼貌界限。

有一次我们谈到下象棋。他问我为什么不喜欢下象棋，我说我会动手！只是格调不高，不认真推敲，总想吃子儿，结果被弄得不能动弹。

梅溪在里屋睡觉，我和黑蛮在外屋下棋。她用耳朵能听得出谁输谁赢；我开始批评黑蛮晃腿，敲棋子，哼小调……准是我将要输棋或处于危局的不幸时刻。

老潘生活中，下棋很重要。他有不少来家下棋还管饭的朋友。几年以来也变成我们的熟人，轻工部管糖的专家，姓黄。来多了，家人和我们也都熟了。

这两个人下起棋来，犹如作无声搏斗，也不太怕干扰。家属们来来回回在客厅和厨房之间奔忙。我有时看新到的《大公报》，有时跟孩子们聊天，跟他们讲一些新听来的笑话，新读的这本那本书，也互相交流。其中哪位说起他同班同学全家梦游，半夜三更起床包饺子；天亮看到没洗的碗筷，少了面粉、肉馅，乱七八糟的厨房景象，都认为是昨夜来了贼，报了警。查来查去，看到桌上一路的汤水弄到被窝里都是，还有筷子调羹，这才怀疑他们全家有没有得梦游症？……

这故事极可能是潘家小二说的。这人谈吐总是不动声色，光顾着人家笑自己不笑……

两位下棋结束，从静寂的深渊爬出地面，忙着喝茶抽烟，聊一些各人听来的社会新闻。

四个孩子读书的情况很少谈，潘家孩子们学习进展都不用爹妈操心；不像我们家有不少浓郁的谈话题目。

也不清楚有那么凑巧的一天，就老黄和我，老黄说："你很少下棋啊！"也忘了在哪里说这些话的。

"是的，很费精神，走三两步就忘了魂，看不到下三步的局面，总想吃子儿又办不到；让人吃子儿就慌，所以认为下棋这玩意不是个什么快乐玩意。"我说。

"是啊，你这话跟好多不爱下棋的人讲法一样，把输赢看得太重，你那个老潘也有这个毛病，太认真了。前天跟他下的那盘棋，你也在的那天，他老是不认输，老是不认输，总是悔棋，悔棋，悔到非赢不可。天底下你们这些读书人都是一个样子……"

老黄一讲，我听了也好笑。幸好我少下棋，也从不悔棋，输了就输了，悔棋岂不显得更窝囊？

一天是在老潘家，不晓得谈谈谈到老黄，我忽然想到他跟老黄下棋的事，就劝他不要把下棋看得太认真，尤其是输赢问题。

他蹦了起来："说！说！他跟你说了什么？"

"嗳！嗳！不就是说你们下棋吗？"我有点诧异。

"不！不！还说了什么？"他认真追问起来。

"嗳！说你下棋太认真！"我说。

"不，一定不是'认真'这两个字！"他说。

我有点火了！

"你在干什么呀？老潘！你对我'逼''供''信'起来了。说你认真，说你老悔棋，不赢不罢休！"

"你看，是吗？你还帮他隐瞒！我就知道此人阴险，恐怕这几天他会到处乱说，不负责任……"他说。

"哎呀！一盘棋的小事，犯得上这么认真？"我说。

他一个人坐在椅子上怄气。

果然听说老潘第二天大清早六七点钟就坐公共汽

车、无轨电车，从城东赶到城西老黄家去拍门。老黄开门，他第一句就是"你为什么告诉永玉说我和你下棋老悔棋？"……

没听说他跟老黄见面之后战斗的胜负过程。

我到他家时问他："找到老黄有下文吗？"

他抿着烟斗微微露出笑容说："你该自己去问他！"满意地吐出一口大烟雾。

原来如此。老黄吓了一跳，等他发泄完了之后，说了几声对不起，一起喝了咖啡，两片烤黄油面包，一杯牛奶。接着下了两盘棋，赢了，满意地回家。见到他不用我们开口就说：

"事实胜于雄辩嘛！"

老潘有远见。让孩子们去红学大专家吴世昌家，找吴夫人严伯升磕头拜师学习英文。夫人认真地花了几年时间为他们打了很深的英文底子。

论起打猎，我许多好奇的朋友都愿意跟我出去劳累一天，而发誓不跟我走第二回，不是因为时常空手，是因为累。

为了安慰老潘对于打猎的失望，有回打到一只八斤重的大雁便在老潘家烹调。还把家里收藏的另一件宝贝也带了去——一只专门烧烤食物的圆烤炉，配上合适的高级调料，整只雁肉安排在容量不小的电锅烤盘里，上头也带把手的锅盖便是电烤炉。

整套设备美丽灿烂地亮相在客厅当中的餐桌上，炉子里的香味紧紧勾住四围人的鼻子，逐渐提升出贪婪的合法的欲望。

盖子上有个电表，大家死死盯住那根指针一步一步在移。

写到这里，对不住读者，我忘了说清楚这套伟大的全新现代化设备哪里来的。

上海的黄裳送的。

他为什么自己不用而忍心把这套设备送给我？原来电炉是日本造的，用的是一百一十的电压；我们中国用的是二百二十的电压。他不会改，说是有危险。我拿回北京，请教了专家朋友，帮我换了电炉丝。黄裳回信说恭喜我。我回信说："多谢你，下次你来北京，我想办法打只兔子或野鸡或大雁，用你的电炉烤了，请你吃。"

话讲是那么讲，事实是哪能这么巧？黄裳也不会专为

神仙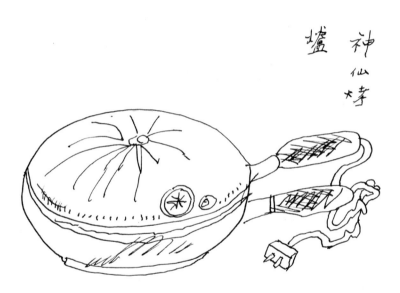
爐
仙
烤

了吃某只大雁远来北京走一趟的。

稍微有点狩猎知识的朋友都清楚，猎物烹调之前绝不近水。拔毛，拔羽毛之后以火熏燿，直到表皮露出焦黄油气。

解剖之后再用带弹性的小竹篾片撑开内壁继续熏燿。至于内脏心、肝、肺、肠……水中洗剔剥干净，过一次开水候用。

雁体经过这番手脚大概还有七斤多重，快刀切刨如家常菜鸡鸭尺寸。大钵盛之，投黄酒、红糖、熟花椒、特辣小辣椒十枚、蒜泥、姜末、盐、老抽、老陈皮、肉桂粉，以男性力气落力在钵中肉内推揉半小时。（内脏单炒，跟腌肉一齐入电炉。）之后用小圆砧板，十斤秤砣压之。这番功夫不是我本人亲自掌台还能有谁？过后香皂洗手，"滴露"水消毒，请坐，喝茶，抽自己的烟斗，听好听的恭维话。

"老实说，你看你这人，自己打的雁鹅，还要亲自调理。我们光是享受，一点也插不上手。"

"永玉，腌着的雁鹅几时动手放到炉里？"

"唉！有什么好急？保险赶得上晚饭。"

"我，我，我希望今天下午不要来人。"

"我同意小二的意见。"

"我也同意！"

砰！砰！砰！有人敲门。大家脸色都有点变。

老潘和老大潘援赶紧往大门走，回来说："香港报馆的挂号信。"

絜媖拍胸脯说："见鬼，幸好说曹操，曹操没到。"

老潘说："光这么等腌肉也不是个办法，哪个和我来一盘象棋？永玉，怎么你？你从来没跟我下过棋。"

"看样子你想念黄振勋了是不是，要不要现在打个电话叫他来？"絜媖问。

老潘猛然紧了紧肩膀，不出声了。

梅溪跟絜媖到卧室聊天，黑蛮、黑妮跟潘家孩子到客厅拐弯的那头卧室看什么东西去了。小家惠自己单独有间小房间，或许黑妮、潘抒在她那里。客厅剩下老潘和我两人。

我不是绝对不下棋，只是没有心思在棋盘上，我不可能赢棋，想当然会输棋。只顾眼前一味可以吃子儿的时候，对手不单吃了你的子儿，还诡秘地准备动摇你的山河根本。这有点浪费自己情感；完全犯不着惹这场麻烦嘛！找一个薄本子书看看多好。我这光讲的下棋，打牌就更谈不上了。打牌是赌。赌大赌小都是赌。培养人的"孤注一掷""勾心斗角"，谋算精神。我这种从小一个人在社会上混，点点滴滴都是汗水得来，实打实，没有侥幸的勇气。刻木刻也是一刀又一刀在木头上啃，一根线一刀刻错了，要难过好几天。狂不起来，也耍不出狂劲。小时候也经历过这种心绪战栗的教育。我住过澳门的葡京酒店，上过马来西亚高山上的云顶赌场。到了，伸头看一看，半步也不踏进。所以这辈子类似下棋、赌博的玩意总是保持一定距离。这跟道德、信仰毫无关系，要说，只能是自己的工作习惯。

赌是可怕的，血汗积攒的家业事业，妻子、儿女都成了赌注，事后居然会忏悔，会良心发现。我有刀，有勇气砍下他的头。我最不爱听恶人的忏悔，这丧尽天良的声音。

"我有时跟朋友下下棋，打打桥牌……"老潘说。

"你以为我在讲你？我在讲我自己，我有空就听听音乐，甚至弹一弹蹩脚的吉他，吹一吹蹩脚的'佩克罗'，我不懂英文，有时偷偷哼两三句外国电影里的英文歌。这哪里说得上是表现，实际只是自己念旧的蹩脚自我舒展……你唱歌吗？"

"我特别忙，我连听朋友唱歌心里都急，没想过为什么要唱歌——你拉过小提琴吗？"老潘问。

"当年在上海闵行中学教书的时候，借同事的小提琴玩过好几天，拉过京戏的二黄原板。"我说。

"喜不喜欢京戏？"

"喜欢。有时也闹笑话。同院的李可染京胡非常了得。有一回在他家他要我唱，我来了段：'忽听得万岁宣应龙，在朝房来了我这保国忠。那一日打从大街进，偶遇着小小顽童放悲声，我问那顽童啼哭为何故？他言说严嵩老贼害他举家大小一满门。我劝顽童休流泪免悲声，邹老爷就是儿的报仇人……'李可染琴跟不上，问我这调调哪来的？我说当年在泉州跟露兰春唱片学的……

"李可染插嘴：'啊呀呀！好学不学，怎么跟起露兰春来了？她是上海大流氓黄金荣的小老婆，是个又聪明又漂亮的奇种，行腔和板眼都怪，难怪我跟不上……'

"那时候我哪清楚谁是谁的小老婆、大老婆。小老婆跟京剧好坏有什么关系？外国不少著名女高音、电影女明星，今天和这个好，明天跟那个搞，道德标准作不得艺术标准。"

两个人谈这些话，各人心里明白，都在熬腌雁肉的时间。

"西集公社的那个老孟，后来还看见他吗？"老潘问。

"没再去那边打兔子，打雁，孟庆林还在不在那边都不清楚了。"我说。

"我还忘记告诉你，那回我带那大口袋炒花生回来，絮娓不信，还以为是人造假花生。"

"再往下假，假到哪里去？听说那时候，鸡蛋都有假。假东西造起来比真东西还费力气。假东西起码要有科学步骤和手段。真东西自然然，快快乐乐，不太费力气。比如生孩子。科学手段你几时听说轻易造出个人来？"

絮娓和梅溪从房里出来弄咖啡，我这杯，絮娓总是特别声明："给你加了三颗糖了啊！"

喝完咖啡，再也没有说的了。我到厨房把压在腌鹅的小砧板跟秤砣移开，双手捧着钵头来到客厅。所有人都围拢来。搬来电烤炉，先移走电炉锅盖，大家眼看着我把过过开水的半熟切好的肉内脏放在锅子中间，再一块块雁鹅肉垒起来；切成两半的鹅头放在中间，钵底的腌汁往下注得点滴不剩之后。我像做完法事的神父一样，擦干了手，把电炉盖子妥妥盖好，叫大家注意盖子上的电表指针指在零字上。小援隆重地拿起盖子边的电插头，插进墙上的电源插座。几个小孩开始注意电表上的指针移动。

"指针到八十的时候拔掉电插头，让它自己再焖半点钟。"我交代完毕之后自己收拾烟斗抽起来。

"可以摆席了！"

一张大圆桌，雁鹅电炉子端坐中间，其他餐具安排絜媖和孩子们包了。（啊，忘了，当年非常体己的老阿姨冬菊应该还在，她是跟着絜媖一直过来的。）

真没想到是菩萨保佑还是上帝保佑，一个敲门的都没有。大家坐稳了。冬菊还端来一海碗的鲍鱼汤，四盘小炒：嫩竹笋，糖醋新鲜小红萝卜，凉拌黄瓜，浏阳豆豉炒苦瓜；又是红辣椒油，腊八大蒜。各人装好大碗米饭一碗。老潘两口子早备了哪年攒下的半瓶威士忌；就他两口子喝。

雁鹅盖子由我揭开，像颗地雷爆炸，整个客厅轰动起来，真没想到香气还会扑人，弄得大家只好贼模贼样地动起筷子来。第一块雁肉进嘴，大家都一致称赞："没想到这电烤锅子这么好！"

"丢那妈！你们吃的是电烤锅吗？"我心里骂娘。

说时迟，那时快，小二忽然冒出一句："我不吃肉！"

厅里头人不算多，时间是一九六一年左右，全北京找不出第二个人说这句话。都停下筷子！

　　"你是讲，你不吃雁肉？"有人问。

　　"不是，今天凡是肉我都不吃。"小二说。

　　"这两天，你什么时候开始讨厌起肉来？你在什么地方吃了肉了？"

　　"我哪儿都没吃过肉，就是这几天我不想吃肉！"

一个人在那时说不吃肉是很吓人的。

（小二现在在美国，虽然事隔几十年，应该写个信问问他，当时心血来潮是什么缘故。）

到底这顿浓艳的饭菜盖过所有的惊恐，吃得点滴不剩。

不过小二这句话，对当时在场的人来说，只要一提，大家都会记得的。

絮娱是上海来的。

上海女子接近西洋文明多，爱打扮爱时新源远流长，只要外国杂志稍微有几页服装新样，过两天你就会在街上有机会看到活鲜鲜子的样板在走动中。当然，厉害的是那些出名的洋行跟大时装公司会从海上和空中运来真家伙，

陈列在厚玻璃橱窗里让人参观。也可以随意进公司去欣赏，问问价钱，价钱高了，从容地控制住舌头，缓步地踱出门外，增长了活见识，提高了活标准。上海女孩子有胆子承认美在发展，在进步，而自己有朝一日扪摸得到。

这说的是解放前的事，眼前大家少有这类心情去考虑这些问题，所以絮媖的出现不免引起人的注意。这注意不是大注意。北京城熙熙攘攘人流中起码不止絮媖一个，还有些归国华侨，大使馆的洋人，既提高人群的宽容心地，也减弱了人们的好奇心。

我说絮媖这个人毕竟不是凡类，她的打扮和天生仪容一踏出门就有一种挑战性质。她丝毫不顾及周围的反应。我有时替她着想，她仰仗什么呢？没有历史和出身包袱，没有复杂的社会关系。她难道不清楚，没有历史包袱的人满城不止她一个，少见的是她的坦然。她无不天天浓妆，如云似浪的头发，夸张的眉毛，浓密的睫毛，胭脂口红……加上穿着上的讲究，还有鞋和袜子……每天早上来这么一下子，起码要两个时辰。

时光如梭，大日子开始了。

听说絮媖由于打扮过分地刺激人，虽然没有历史问题和让人讨厌的祖上传统劣迹，到底印象太深，给她剃了阴阳头，并让她每天打扫衙堂。她从容地接受，剃过阴阳头之后，包上漂亮头巾，上好的衣服，和往常一样只是多了条围裙。每天从早到晚，把整条衙堂打扫得像报上宣传新社会的照片一样。街道领导没有话说。

正在这时我在学院挨了打。她知道了，解下围裙赶到罐儿胡同来：

"呀……怎么打的？凭什么打人？你看打成这样！有王法没有？老潘不在，我现在马上帮你去问学院去……"

"你算了，不要惹事了，学院没有打人，是隔壁中学大孩子搞的，找不到人了，找到人你怎么奈何他？"我说。

"奈何不了，我死给他们看。新社会还打人？"坐下来，喝了一大杯子茶，回家去了。

《大公报》停止内地发行，老潘的香港办事处机构取消了。老潘跟上海《大公报》办事处有关的那些老朋友、老同事龚之方诸人被安排到江西奉贤去劳动改造。一走了之。

我自己也在慌乱中不知所以。

年月光用指头掐算也来不及，潘家的孩子上山下乡去了，有的去山西，有的去云南，有的就近在房山。诗曰："赊过岁月掠惊鸟，笑断红芍空举杯。"

思念呀，写信呀！三地，四地相隔千百里。我也在不远的河北省来回了三年；和潘家的孩子写好玩的信，老潘好像也从奉贤回北京了，我正好有大事奉求，原信照抄如下：

垌兄：奉兄摆驾回宫，甚为高兴。

弟仍在此，仍无搬家命令，但亦无不撤之命令。故仍安居此处，如安居里然。

陈老总逝世，伤痛莫名，小诗数首，想已看到，请指教。

弟生活如常，饮食如常，惟极少室外活动，且已习惯。日束以读六本哲学书为主，猛作笔记，甚有劲头。反杜林论序文中有云$\sqrt{-1}$及$\sqrt[N]{A}$问题。为什么 -1 的平方根不仅云$\sqrt{-1}$及$\sqrt[N]{A}$问题，为什么 -1 的平方根不仅是矛盾，而且是荒谬的矛盾呢？就我现实的理解，0既不是个东西，-1难道就是个东西吗？那么负数的平方为什么会得正数呢？三十五年前提此问题，老师即说：

"你就这样记住好了，这是定律。" 那么现在学哲学了，光靠老师的训诲已经不行了，请你极通俗地讲一讲。昨天彦涵问我："什么叫平方根？" 因为全班十几个人，就我一个人还记得一点，我即宣讲一通 $\sqrt[N]{A}$ 开方的道理，并举了 $\sqrt[3]{8}=2$ 的例子。他兴趣来了，觉得经我一谈大有启发，大懂特懂，要我出个数目让他试试。我出了个 "9" 字，他愕了，搞了还就算不出，要我这个老师来教一教，我想当然地写出 "3" 字，一算，三次方是 "27"，坏了，怎么不是 "3"？结果费了三个多小时，才算出来 "2.0801" 这个王八蛋数字，验证了一下，对的。但写不出 "式"来，我是蒙上的，因此得请你给我附个求平方根的公式来。

这里，同志谈到一句谚语：

"口里咬着个屎橛子，给个糖麻花也不换。"说的是脾气犟死硬分子，真是极生动。也有一同志听别人说这样也好，那样也好……于是反驳曰："是呀，上海什么都好，连虱子也是双眼皮。"也颇为精彩。

　　顺便问个好，扯上一大堆。

　　祝：一家安福。

　　　　　　　　五一月二十日，夜十一时。

　　老潘回北京之后，并不高兴。《大公报》驻京办事处取消，派他到一个自来水机构去管事，这使他深感震动而身不由己，只好每天到自来水公司上班。唉！都是那个状态，心里难堪，勉强一下也就行了。

　　我也回来了，似乎有个短时间的空当没有人管，今天找找许麟庐兄，明天找找王世襄……放下木刻刀，开始画些带颜色的宣纸画来。当然，更多的时间是上潘家。写过一些开玩笑的打油诗：

《潘氏颂》

　　老夫亦温亦痴狂，
　　廿年常到"安居坊"。
　　难得主人脾气好，

冬天温暖夏天凉。

老潘为何不长膘？
潘娘勤将肥料浇。
虽然做菜比较慢，
一尝便知味道高。

老潘从来喝茶多，
今年升做管水哥。（水在广东话里就是"财"字）
水字译成广东话，
乐得潘娘笑呵呵。

小二小妹学英文，
说起话像外国人。
忽然听见敲门声，
山西来个"尖特门"。

爱抽香烟爱聊天，
没事常把桥牌玩。

健康怡如春梅树，

花开一年多一年。

又捡出三年前见兰陵王碑。

《秋，十月》

边尘浮白羊，（夜归见白羊如浮尘上）

夕光照疏林。

荷锄铜雀道，（劳动地在铜雀台三里处）

列队凤凰吟。（劳动改造如凤凰涅槃）

鸿雁笠边过，

黄菊昨夜生，

理鬓迎秋意，

笑掸儿女情。（鸡毛掸轻拂也）

又《陈村曙光》

春来候雀第一唱，

宿雾晓霜正阑珊。

丹为关山珠紫帛，

冰浮浅池银苔笺。

桑枝未曾依依绿，

欲抡筋戈舞江干。

忽闻金铙村前响，

歌声行行到田间。

诗，好多是在村子里写的，天真幼稚，竟以为是，还不如随诗付去的信。要是找齐给潘家的信，编好程序，印出个小专集，比诗要深厚好玩得多。

小家惠结婚了，新郎名叫张家新。没想到这时候还能选到这么好的丈夫。家里出身是知识分子，人的素质像个朴素的农民。两人同在一间小学教书，新郎是体育教员，爱上了。

潘家的一些熟人听说新郎是个小（学）教（员），说："耶？一个月三十二块钱，还学人家搞对象！"唉！他们的愚昧世俗观点看不清这位青年人原来是个宝。我们家乡有句老话说："捡到沉香不是宝，拿来当作烂柴烧。"

新郎有自己的家，自己稳当的职业和收入，进入了潘家那间小房子，根本和"上门女婿"的性质远去了；只是为了让自己的年轻，为老潘家多担当些家常劳动事情。冬天，甚至还帮跟絜嫂打桥牌的朋友们去安装取暖煤炉子和烟囱。不久，生了个女儿，取名张乐。我第一次见她的面却是大哭不止，所以有很长的时间我叫她"张哭"。孩子长得胖，到了三四十斤的时候，记得我曾用毛巾包了单手举起过她。

另一件事，老潘是新中国第一个采访战犯清朝皇帝溥仪的作者。出过一本书叫做《末代皇帝传奇》。我设计封面并作了些简约的插画，一九五七年六月第一版，谈溥仪的文化，没有再找过他的。他是亲自在抚顺监狱里，跟溥仪无话不谈地相处了十整天。

老潘去世多年我才敢这么说：他跟溥仪的样子长得像两兄弟，个子稍许高一点点。当时我曾跟熟朋友背着他说，就怕抚顺监狱认错了人不让出来怎么办？

我有相当长一段时间跟兄嫂没见面，原因是我被国务院调往新北京饭店去搞十八层美术设计工作。十八层（原来二十一层，看得见中南海的人物活动，改为十八层）每层一个会议室，我认识人多加上熟悉他们画风，全国画

寫文章和被寫文章的樣子有點像.

家中，请谁来画这幅画好？当然，这不是一个轻松的工作，责任重大，一齐推敲，太费时间。没想到进门的中央大厅四围要安排一张"长江万里"壁画，由工艺美院的袁运甫负责，吴冠中、祝大年辅之，要到全国名山大川周游一遍。出发之前，万里同志忽然来了一个指示，要我参加这个队伍。因为他们三个人当时和一些地方画家不熟，联系情况不方便，我参加进去可做些协调工作。天晓得万里同志怎么清楚得那么具体。

我一辈子流浪，从未认真把这种经历当作旅游。这次来个畅快的名山大川之行，不可谓不是旅游；便跟他们三人一齐出发了。

登庐山，上黄山，从长江入海口南通开始溯江而上，至重庆，至成都，整整跨了一个年，见到成都美协诸领导。牛文同志刚从北京开会回来，说北京形势紧张，在准备开一个黑画展，最严重的是一张猫头鹰。我觉得有趣："一张猫头鹰算什么呢？我不是也常常画猫头鹰嘛！"

回到北京，只觉得空气紧张。大年三十我带黑妮去找一个经常来往的部队熟人。他的房子算不得大，客厅右侧是卧室，我清楚他蜷在床上不出来，女儿说"他出去了，真对不起"。其他孩子也都站在周围不出声。这当然跟往常形势不一样。我们告辞了。

明白传说是真的了。

说我画的猫头鹰一只眼开，一只眼闭是讽刺社会主义。我心里想，堂堂中国美术界最高学府，美术境界最深厚的庙堂，竟然用那么浅薄的手段拿威作势起来。二三十个美院平时闲雅、少有来往的人成为批判的主人，上午、下午不停地追剿，居然忘记了多年自己深刻的美术修养，变成市侩，浅薄荒唐观点。

我的一幅猫头鹰画的残片眼眶上的白点子，被指为是国民党旗上十二个尖角的青天白日党徽。

这些材料居然还会上报给当年的中央（"四人帮"）。他们会认准这种材料吗？他们的目的何在？

动嘴的那些人每天要想出新鲜谴责的词藻着实难为；动耳朵的我只好躬听如仪。心里不能不发出疑问，他们到底在为哪个出气？办一件这么大的事总该有个目标的吧？

这折磨有多久呢？忘记了。身心疲惫得回家话都说不出来。连饭都吃不下，还要写一份"检查"明天开会时上交。有什么好写的呢？我怎么还有力气写字？

梅溪见到老潘和絜嫫时告诉了他们，老潘说："永玉真要累垮了可了不得。你叫他下班到我这里来。"

我去了。

絜嫫说："……好在我们这里离你们美院近，你下班先不要回家，先来我这里吃饭，把今天开会的事情讲给老潘听，让他帮你写这个检查，你抄一遍算是自己的，明天交去就是。——你这样累你会死。"

我就按絜嫫的办法做了几天，有时候不行，会开得长，该下班不能下班。九点多才到他家，他们忙着给我温好饭菜，吃完饭都十点多了。

老潘说："梅溪和孩子在那边等你，不知出什么事。你今天会上的事我开夜车赶一赶，明早上班前，你先来这里，把我写的稿子抄一遍拿走，你看好不好？"

絜嫫还说："你骑车不要急。没什么大不了，天塌不下来，你命好，会否极泰来！"

这种方式也有七八回。

半夜三更老潘满头大汗趴在桌子上为我赶稿，絜嫫看不下去："你，你说你，你看你那副相，好像你自己出什么事了。弄得我也睡不着。你怕什么呀你？永玉自己都不怕，你怕，让人听到真当笑话……你看你抽那么多烟，满屋都是烟。"

批判会停止了。没人理我，也不告诉我原由。

第二第三天也没见人来开会。

有悄悄消息，毛主席说了话，说猫头鹰天性如此，眼睛一开一闭。我小时就见过。听说对中国画也作了批示，大泼墨嘛！中国画怎能够不黑呢。

这样的一些小事怎么让伟大领袖都知道了？我虽然半信半疑，究竟批判的热烈锣鼓停下来是个事实。

于是我写了个报告上去，说我妈病了，请假一个月回去见妈妈。批准了。一个月回来之后天下太平。

美术家协会一九七七年调我去参加"毛泽东纪念堂"的建设工作，跟在清华大学一帮专家后头作些美术零碎。

清清楚楚在西郊动物园里头的一座巍峨的建筑里。也记不住为什么半夜三更我们还在那里？在那里吃饭，睡觉都忘记了。总之是我们跟着清华大学的设计专家走。帮我们来来去去的是华君武同志。一天晚上剩下搞美术的几个人，华君武说头疼烦恼的事来了：纪念堂毛主席坐像后面一幅二十几米长、九米高的背景画稿，每个星期二送中央领导审查时都觉得不理想，不批准，要重画。原来画的梅花、牡丹、韶山、松柏、风景、人民公社都被驳了回来。怎么办？真弄得束手无策；"永玉，你来一张试试，看行不行？"

让我吓了一跳。对于主席坐像后面那么大面积、大分量的背景画，我当然觉得牡丹、梅花、韶山、松柏、人民公社……不切题。这是主席的纪念堂，与主席浑然一体的精神无过于他的诗词。我这样想，把握也不大。姑且从地上捡了张清华大学专家们的废弃图纸，翻过来，用钢笔明晰地画出：这是远远的巴颜喀拉山，这是黄河，这是长江和无数微细的河流。近处四面八方的山脉推向远处，更近处是风光绮丽的烟雨楼台……

题目是：《问苍茫大地，谁主沉浮》。

技术处理是把风景安置在比较夸张带弧形透视的地球上。

真没想到星期二批准了。

我找来刘秉江、秦龙、李传瓒做帮手，工艺美院的袁运甫也开心地参加这个工作。有将近一年多时间放在这工作里头。谷牧同志的家乡山东烟台绒线厂担任了这个神圣任务。

创作辗转场所定于王府井华侨大厦主楼，来来去去，日子都打发在那里了。

华侨大厦马路对面是美术家协会，马路正对面是科学院考古研究所，走进研究所旁的胡同里有条小胡同名"安居里"，就是老潘和絜媄的家。

华侨大厦的书记名叫佘振忠（佘太君的"佘"，不是舍下的"舍"），籍贯福建泉州。原是马来西亚游击队的负责人。认识不少日子，我们讲泉州话，像故乡人一样。

那时候"四人帮"已伏法，文化开始正常活动起来，许多画家也住在这里，最多的是广东那边的，西安的石鲁呀、何海霞呀，上海的唐云呀，南京的亚明……

吃饭的时候在餐厅混在一起，南腔北调，颇为热闹。

我和老华单独有间房，下班晚饭后，有时回家，有时就住在那里，跟大家一起乐呵。喝茶或酒或咖啡，讲些当年受煎熬现在变成笑话的事。我们这帮人在没有牢狱的牢狱里，和世界隔离得太久，你难以想象，世界在微微起着变化。

老华说昨天上午去厕所小便，猛然看到一位扎了马尾头发的也在小便，连忙逃出来，以为看错了男女厕所。恰好新波也正要上厕所，看见老华从那间看错的厕所逃出来，他便进了另一间厕所，正撸裤子开裆的时候，几位女同志骂了起来。原来是自己闯进了女厕所。

见老华还在纳闷，"你看错什么逃出来的？"新波问。

"一个梳马尾装的女同志在小便，咦，是呀，女人为什么站着小便？"清醒之后，便站在门外等她出来看个究竟。原来是个穿花衬衣留胡子的男人梳了马尾装。

"我见你从那里逃出来，知道你撞板了，所以才敢进了更错误的门里！在广州，梳马尾装穿花衣的男人很多，大都是香港或南洋华侨，也有外国人。在北京是少见的。"新波说，"可能慢慢会多起来。"

老潘有晚打电话来说："晚上没事，来你那边聊聊天行不行？你累不累？"

"不累，不累，请马上过来。"我说。

半个钟头不见来，一个钟头不见来，我便打个电话给他。他说："不来了！"

我问："说好我等你，干吗不来？"

他说："算了！算了！"

我下楼问柜台，是不是刚才有个姓潘的先生来找我。

"是的，后来不清楚填登记簿的时候有点生气，走了。"

老佘这时候过来了，他说：

"你那位朋友怪，不肯填工作单位，生气走了。"

"是的，原来电话约好要来的，他家就在科学院那边胡同，走两步就到了。他原来是香港《大公报》办事处主任。'文革'后撤了，调他到北京自来水公司，不高兴，大概是嫌自来水公司不合口味。"

老佘笑起来：

"你看你看！你们这些读书人，知识分子，真让人难以想象！"

柜台里的朋友也笑起来：

"自来水公司？自来水公司工作是份多好的差事，我们拜马克思也求不到……"

生活局面大家都起了变化，梅溪申请回香港居住得到批准。潘家三个孩子去了美国读书，我家孩子一个进了美国威尔士利大学，儿子去香港帮黄茅伯伯办《美术家》杂志。我的那幅《问苍茫大地，谁主沉浮》改为《祖国大地》的画稿在烟台编织成功挂在该挂的神圣地方。我也申请去香港住了好多年，画了不少画，写了不少文章，开过不少画展。

老潘、絜媖开心地回归《大公报》系统，也去了香港。

我们两家开始了香港的生活。

《大公报》领导分配了北角附近的一层楼给他们和大记者朱启平、孙探微两口子居住。

说起朱启平，是日本投降，麦克阿瑟在密苏里军舰上接受日本降书签字仪式上唯一的中国记者。

两家住进一层高楼，絜媖嫌小，心里不好过，公用一个客厅，一个洗手间，一个厨房。她阔惯了，不施展。不管你是上海、北京出身，有这种心态，还是见识浅。人家朱启平、孙探微以前满世界走，晓得眼前局面是暂时的，不认为是件事，日子过得好好的。

后来，日子一长，缓过来了。老潘上班絜媖上街，遇到跟天津、北京、上海完全不一样的东西，尤其跟梅溪逛大公司，心情宽松之极，坐在茶座椅子上指着梅溪说，你们广东这个，你们广东那个……越来越满意的样子。又过了一些时候，孩子们在美国都成器有了自己的家，接他们到美国一家一家换着住，好不开心。有时候回来香港住，北京住。

一次在我们家旭和道吃晚饭，絜媖说："我就希望自己院子有架秋千。"多少多少年过去了，我们意大利芬奇的家有枝桠很大的树。想到他们，就说："你们快来。我给你在大树上挂秋千。"他们来信总是说过一段日子再说。

他们还没有来。

再过几年，絜媖去世了，又过了一段时候，老潘去世了，汪曾祺、苗子、郁风、丁聪、沈峻去世了，许麟庐去世了。梅溪也去世了。

现在儿子儿媳在香港，孙子孙女在英国，女儿跟我在北京。我写字，画画，她陪着我。

二〇二二年十一月十六日
北京太阳城

郑振铎先生

一辈子见过郑振铎先生三次。我认得他,他忘记了我。就像小林一茶先生说的:

"这世界如露水般短暂。"

《文艺复兴》杂志据说是一九四六年办的;我四七年才到上海,对《文艺复兴》杂志兴趣并不大,记不得翻过没有?

解放前我记得的杂志,招牌很响亮,办事的大多只两三个人。不像现在,动不动就百把人。

《文艺复兴》也是这样,郑振铎先生,章靳以先生,柯灵先生。(还有没有其他人?我想不起来,再多也不过三两个挂名的。)约来了大招牌文章都交给一个简称为"阿湛"的人去管。

肯定了稿子之后，一卷一卷的手写文稿子变成一本规矩好看、卖得出钱的《文艺复兴》。所有过程的操办都由阿湛负责。

这倒有点像真正的意大利"文艺复兴"运动不是由列奥纳多·达·芬奇、拉斐尔、米开朗琪罗三位画家自己嚷出来的一样。

其实，《文艺复兴》上班的仅阿湛一人，三位先生偶尔来一来。那地方也不是个什么了不起的地方。上海称作"亭子间"而已。

阿湛是柯灵先生的外甥，正应了"外甥随舅"这句老话。他头脑敏锐，巧妙的词汇和音色听来让人亲近。

有时候，行动也出人意料。

一天，又是下雨，急急风地敲我的门，怀抱里慢慢抖出只断了翅膀的雏鸟来。

"嘘！嘘！小声，小声！前天在弄堂口捡的。差半步就让猫叼了。她妈还沿着屋檐上着急跟着，不顾雨水往前扑腾边叫边飞，希望我还她孩子。今晚我特地带来让你们瞧瞧。这小囡断了半边翅膀，会好的！鸟翅骨好得比人快，调理合适，半个月就还原了……"

"什么鸟？"人问。

"看她好像只子规。"阿湛说。

"见鬼了！咱伲家大上海来了子规了！这种野鸟你养得活？"人问。

"我不是已经养了她好几天了吗！生鸡肉、豆芽菜，细细嚼了放在小碟子里，用挖耳勺挑了喂。"阿湛说。

"耶，生鸡肉别进口里嚼，还口水……"人说。

"普通水还不行，硬就是口水。你不晓得口水是个非常了不得的宝物！走山路危机时，舔伤口最是有用。起码一点，它不带细菌，还包含有多种抗生素。"阿湛说。

阿湛打开我的衣物抽屉，安顿好他的宝贝之后转身过来说的完全是另一件正经事：

"我的老板郑振铎先生昨天交代我：'你明天去找找木刻协会那个名叫黄永玉的人，要他给《文艺复兴》扉页上四个字底下刻一个装饰画。怎么刻他懂！……'"

没多久刻成了，按地址送到那个什么里去，希望一手交钱，一手交货。阿湛不在，郑振铎先生跟一位穿旧棉长袍的，郑先生介绍为穆木天老先生。

我说："我是黄永玉，你要的木刻扉页插画刻好了。"

郑先生说："好！你放在桌上，阿湛等一下就回来。现在，我和穆先生谈话。"

我连手都不敢握，下楼了。

算起来是一九四七年的事。稿费拿了没有？记忆里好像没有留下拿过的痕迹。

我一九四八年离开上海，之后也就跟阿湛分断了线。听说他以后的日子很不好过。没有人再敢欣赏他的聪明隽语了。时代严肃了。

比如他说："劳动能改造思想，真如此，牛老早变成思想家了。"

反右定个"极右派"送到甘肃、宁夏那边去，再也没有回来，连消息都没有。唉！要是在那边遥远地方忽然"得句"怎么办？只好自己对天笑了。

上世纪五十年代，北京国际性招待晚会多，英国呀、苏联呀、捷克、波兰、保加利亚、委内瑞拉呀……

忘记了在哪个晚会上碰到一次郑振铎先生，他想必记得我的面孔而忘记我是谁，并且已经认准我的木刻属性。

我两人都手托盘餐，他问我：

"你最近忙什么？"他在试探面前的人是谁。

"我在中央美院教书。"我说。

"最近木刻出了件大事，黄永玉刻了一套《阿诗玛》值得注意……"

我"喔"了一声表示知道。

过了一阵，我尝试问他：

"郑先生，我们都清楚您跟木刻的渊源关系，您有没有空去参加一次我们学生的晚会，给大家讲讲话？"

"这不可能的。你想，我这么忙，这类讲话是要做认真准备的。我哪有时间？"

与上次时候相过不久，故宫开放国宝级绘画原作珍品，记得头三天好像先招待文化界（或者是美术界）。那时的悲鸿院长还在，江丰书记还在。振铎先生"主人"，王昆仑副市长穿了一件深翠绿色海虎绒大衣来回穿插……许多人看完展览在一个地方喝茶。（这地方有特别名字，我知识浅，叫不出，不写了。）老人坐在那里聊，站着盘桓旁听的是我们这帮年轻人。

大桌上陈列故宫近年出版的画册，引人注意的当然是近年新出版的《宋人册页》。

　　大家都在夸奖册页印刷精美，和真的一样。这一下振铎先生得意了：

　　"当然，当然，这是采用当今最新的印刷技术印出来的。贵到不得了，完全超出预算。把我们逼到墙根转不过身来。这么好的效果我们不能结束。所以检讨由我作。为了美术事业，我硬着头皮一部一部地出，又硬着头皮一次次地写'检讨'，我一个人写'检讨'，大家得益，何乐而不为也？……"

　　后来慢慢讲到收藏。有人说："听说故宫藏有宋朝的丈二匹宣纸，左下角有赵孟頫小楷题'赵孟頫拜观'五字。不晓得是真是假？"

　　另一些人窃笑说："真假姑毋论，千万别让×老听到。"

　　听说有一次悲鸿先生对郑先生说：

　　"只要你承认《八十七神仙卷》是吴道子手笔，我把它捐给故宫！"

　　郑振铎先生说：

　　"捐不捐不要紧，它不是吴道子画的！"

两位文化界起承转合大人物的对话，再过二十来年，快一百年了，多慷慨威武。

美院全体师生员工下乡搞什么活动，刚到没几天的一个上午，广播说，郑振铎先生跟访问团出国，飞机在苏联卡纳什地区空中失事遇难。（一九五八年十月十七日）

二〇二二年十二月八日于太阳城

"舍""得"

跟老龚头来往的交情很深。我一九五四年第一次进森林就认识他了。他那时大约六十多岁。照理讲，他手锯木头的年份早该退休；除他自己，周围人也没想过他退休的事。就那么一直熬到现在。

他有一种优越待遇！没人管他。自由自在每天锯木头，拿工分。（跟退不退休一样）

森林这地方说句老实话，的确是荒无人烟。名都没有，分队走到哪里，距管理局多远，就把多远做名字。我第一次跟采伐队踩着一公尺厚的积雪来到的地方就叫"八十公里"。（以后也叫"八十公里"）

老龚头也在里头，他经验足，说话别人听了有用。

老龚头一辈子没离开森林，哪儿都没去过，你谈什么话他都爱听，都新鲜，都笑着说："不信！不信！"（其实不信就是已经"信了"。他说"不信"只是确信的一种快乐反应。）

在森林，一株大红松很值钱，计件工资很贵，所以老龚头很有钱，有很多钱放在一口大木箱里。

他不用养家，周围几百里没人住，更谈不上买很多种东西。采伐队也有小卖部，卖青布，蓝布，绿布，白布，没有女人所以没卖花布，肥皂，香烟，烟叶，茶叶，烟斗，火柴，也卖过带两个铃儿、上发条的闹钟。运气好，老龚头抢先买了一个，天天上好发条，锁在箱子里。他清楚钟是看时间的，只是不清楚钟该替时间做点什么。世界已经有太阳了，人买个钟来摆架子吧？

采伐队搬到哪里，老龚头都会有座单独居住的屋。是他吆喝熟人一起弄的。一根根原木拼出的墙，厚玻璃窗子，特别是屋顶的厚玻璃瓦，牢牢靠靠，让好奇的黑熊连幻想也省了。

老龚头喝一点点酒。就那么一点点，幸好一点点，所以说，老龚头没有管不住自己的时候。有人来，也是这个

规矩。熟人称那屋作"不准醉"。

大家愿意奔老龚头图个什么呢？炖货讲究：鹿，狍子，鱼，雁，运气好还碰到熊掌。

老龚头对自己讲究的只有烟袋锅。烟丝像枕头一样一包包码在大木箱旁边，都是血酒兄弟从哈尔滨索里专店买来的。进屋的人懂事，摸都不让摸。

屋中央一个矮铁炉子，周围粗铁架绕着，中间搁一把大水壶，壶里的茶水浅，谁看了谁舀勺水往里添。

酒杯茶碗顺手用，不像城里人让它姓李姓张。

人就那么坐躺在周围。

硝过的和没硝过的老虎皮，猞狸皮，豹子皮，狍子皮，熊皮，狼皮，山羊皮（灰鼠皮另外成串地挂着），然后是没完没了的枕头和被子，像从地里刚长出来的花朵，冒着又甜又臭又温暖的云朵似的东西，大家就浮在上面。上上下下喝茶，喝酒，抽烟，嚷着自己的高见。

他们比老龚头见识多很多。甚至哈尔滨、沈阳都去过；他们喜欢自己作业所这一大圈圈安全，住在一起不偷不抢。外来人难说。

比如外头来了个俏女人，说是卖防风帽兼做皮领子的。

做着做着就跟人好上了；好到要办喜事的程度。大家也吆喝着开心。床上用品、新郎新娘礼服和其他各项礼品非到哈尔滨采购不可；新娘带着巨款一去不回来……

"所以，我嘛！一辈子不想这些邪性东西。耽误事！我，不惹这些麻烦。"老龚头说。

"那就摆摆你的打算！"人说。

"我在等，有朝一日，我箱子一打开，我亲自请上头来人看看，我一辈子锯了这么多木头的钱，数都数不完。我要买它一批飞机，可惜咱这儿的飞机场还没修，飞机下不来。我要头一个上去坐坐，绕咱们八十里一圈，再回双子河绕两圈，伊春三圈……"

大家哄起来！

"你个老家伙在做青天白日梦！你晓得一架飞机什么价钱吗？买个飞机轱辘你那一箱钱怕都不够。啧！啧！你先去问问我们天天用的拖拉机'K80'一辆多少钱？……"

老龚头把大家轰走了，大口大口含着烟杆冒气："老黄，你听，这帮狗日的说些什么？"

"你没到外头买过东西，怪不得你。那狗日飞机的确贵。还要请人开飞机,一个月好多钱。哪年哪月你出了林子,到哈尔滨住下来,弄部小汽车玩玩,那事办得到的,那家伙比飞机神气多了,也便宜多了。只在地面上开,要快就快,要慢就慢,见到这帮狗日的还可以举手打招呼,熊他们一下。不像飞机,一出毛病,直往下掉,修都来不及,粉身碎骨。"我说。

"你这个人讲话,我信你。"老龚头翻身躺下。躺下没多久,忽然坐起来叫我:

"你听!"

"……没事啊!"我说。

"再认真听!"

"还是听不出!"我说。

"我下的大夹子夹到东西了。让它搁着,明早收拾它。"

"下在哪里?"我问。

"讲,你也不清楚。明早我叫你。"

老龚头叫醒我,天还没亮。要我穿紧衣服,给了把梭镖我捏着。自己挂上腰刀,穿上弹夹袄,提着支短把火枪。腰上还夺拉一圈麻绳!

"走！"

大概二十多里，已经围了五六个人。见老龚头远远地来就嚷：

"快来龚头，看看你摆的什么阵？"

龚头走近：

"咦！它呢？"

铁夹子上夹着一只豹爪，血淋淋的。龚头把短枪扣回保险放进枪套，然后绕着夹子夹着的豹爪子细看细想：

挟住豹爪

"……就这爪子看，豹子的个儿不小过一百八十斤。它妈！就它心狠。我是头一回见。老虎、黑瞎子（熊）、猞狸狲、豺、狼，我都夹过；没一个逃出我的手掌心。就这头豹子——它是怎么想的？"

收拾现场，老龚头提着豹爪子和夹子回家，大伙儿在后头跟着。一路发表意见："有孩子在家等她。"

"怕人，怕见人的笑容。"

"她分得清小痛和大痛。"

"只有豹子能做这个决定，多了不起！"

"活着比死好。"

"她懂得现在和未来，时间来不及了，快！"

"世上最坏的是人。夹子是人做的，丢掉爪子也忘不了他。"

"那些被夹着死去的豺、狼、虎、熊，一是不懂得活的意义，一是不懂得活的方法，一是怕痛。不咬掉爪子。"

"咬掉爪子还能不痛？不单痛，还要在以后的以后忘了它，过崭新的日子。"

"说我勇敢，争取自由是小人之见。"

"咬掉爪子还能活转来，是豹子自己的事，人间罕有的铁石心肠。"

我打电话给伊春赵树森局长，求他打电话给属下的熟人、猎户，见三脚豹子莫打。

赵局长做了。

二〇二三年五月四日

差点忘记的故事

跟"地狱队伍"从福建闽南步行回家乡湖南，经过江西赣州。我停下来的这一段故事我写的《无愁河的浪荡汉子》已经提到，这里就不写了。我现在写在赣州的事情。

那时候湘桂战争还没发生，人来人往不少名人，翻译《资本论》的郭大力先生，曹聚仁先生，漫画家张乐平先生，陆志庠先生，木刻家荒烟先生，梁永泰先生，名记者高集、高汾夫妇，作家谷斯范先生，大诗人袁水拍先生，雷石榆先生，国民党"党歌"《三民主义，吾党所宗》的谱曲人程懋筠先生……

看架势还真有点热闹。不过你得捂住嘴巴忍住笑，说来让人难信，大街上五颜六色的两层商店，所有的二楼都是木板子画的，栏杆窗门，无一不假。在假房子底下逛商店，日子久了也不感觉有什么不自在。

当时的教育部有两个戏剧宣传队，第一队在中国西北活动，队长向培良；第二队在中国的东南一带活动，队长是谷剑尘。两位队长都是当年中国话剧界的老前辈。

我呢，是得王淮老兄关照。若壮丁队有问题，经过赣州赶快找徐洗繁，他在二队是老把式，写了封信让我随身带着，到时候找他。果然有事。幸好幸好！（徐洗繁老兄解放后一直在北京人艺工作，后来还演过座山雕。）

进二队，周围的人都是老前辈，我的身份仅只是一个被收留的十九岁少年郎，名分是"见习队员"。老队长谷剑尘早已离开，新队长也不算年轻，胖胖的一位戏剧外行人物名叫曾也鲁。没看他演过戏，没听他唱过歌，待人不亲不疏，正式身份应是个看戏的。后来晓得他是教育部派来的，就不再念他来。

一个三十来岁大胖阿姨服侍他。这阿姨，我几乎忘了她的名字，后来想起当年红极影坛的小童星"秀兰·邓波儿"，才记得她叫秀兰。

二队的队部驻地名叫东溪寺，离城较远，也没有一座庙的格局。非常孤寡零落。

不晓得什么原因，好长的一段时间没排戏。原计划好像要排《天国春秋》，又想排《谁先到了重庆？》，又想排《乱世男女》。都没有动手。既不见愁也不见欢。所以我就没有什么办法画张广告露两手。每天在方饭桌上刻木刻。

一个专员公署名叫"侯哲"（叫快了做"猴贼儿"的他也不生气），瘦高挑儿的三十左右的人，有时带两个八九岁半唐番孩子来看我刻木刻，大的是哥，小的是妹，蒋经国和蒋方良生的孩子。

刻木刻是个特别的手艺，并不怎么引人惊讶。

蒋经国常到二队来看看，看到他来大家就拥着他问东问西，坐在会议桌边长板凳上。有时秀兰端茶上来，他就慢慢喝两口；没端茶，大伙儿聊上几句他也就走了，后边跟一个穿普通蓝布旧衣服的随员。

记得五一节和端午节他都来二队过。是前两三天先叫人送鸡鸭鱼、牛羊肉。到时候太阳没落人就来了。能喝的跟他干杯，跟大家唱歌，讲当年在俄国过日子的滑稽小故事。酒喝多了一点的时候，自己用俄语放着嗓子唱俄罗斯民歌，唱苏联歌曲。他之来对我们剧教队很家常，连亲切不亲切都不用形容。（陆志庠酒醉出事就是端午节那一回。《无愁河的浪荡汉子》一书有提，这里不赘述。）

还跟周围的人扳腕子（掰腕子）。

"你这个小黄牛，我们试试。"我诨名一直从福建叫到江西。当然我扳输了。不是我慑于"御手"输的，是真输。

端午没过多久，有人建议到赣江去游一次泳（忘了是章江还是贡江）。附和的人不少，我是一个，搞音乐的唐守仁一个，演员赵德润一个，歌唱得很好、戏也演得很好的杨敏一个，演小生的上海人胡刚一个，后来在北京人艺的老演员徐洗繁一个，瘦不伶仃的演剧奇才殷振家一个，说走就走，赵德润没正没经地带上一捆粗绳说是救人用，给骂回去了。

江面辽阔，岸上青草滋润。大家脱了外衣换上泳裤。没泳衣的穿了家常裤子，乒乒乓乓，往下就跳。我在家乡一直到集美学校从未正式上过游泳课，只会狗爬式，水大且激，这是原先眼睛看不到的，在水边有点胆寒，划了几划就上岸歇着了。

大家恐怕和我一样，下了水才晓得厉害，感到应付不来，都陆续地爬上岸来，各自收拾干湿衣服。自己跟自己嘀咕。几分钟，忽然一个人大叫：

"胡刚！"

"胡刚没上岸！"

"胡刚！"

"怎么这时候才想到你？"

"没顶得头皮都看不见了……"

老远蒋经国和一个随从碰巧经过，问什么事。

"胡刚下水没上来！"

蒋经国二话没说，脱下外衣鞋袜往下就跳。看着他顺水游在看不见的江面又游回来，来回那么几圈。我们都傻了眼，这位专员那么巧地从天上下了凡，他那个随员也没劝阻他或是跟他下水，眼看着自己"首长"弄险而不当一回事。

蒋经国上了岸，一边嘀咕："你看！你看，这怎么回事？这怎么得了？"穿好衣服告诉大家：

"快回去报告曾也鲁队长，晚上打电话给我。"

转身走了。

回到队上，讲来讲去，跟大伙都没有关系。

胡刚前些日子在赣州游泳认识一位女朋友，女朋友问他游得怎样，他说"可以"，于是相约几个朋友哪一天到赣江来游一游。其实胡刚是漫口答应。没想到自己游提前练练的机会，就这么轻率地送掉自己性命。

胡刚是上海人，过日子讲究，蚊帐是蚊帐，枕头是枕头，细细的草席子，有香草味的床单。我想，今天晚上他绝对不会回来了。眼前蚊子太多，我跟唐守仁一个房，蚊子多到可以把我腾空架起来。就偷偷走进胡刚房里，睡到胡刚床上来。啊呀！真是宽坦舒服。

到半夜，让一双冷手摸醒了……原来刚从汉口逃难来的殷振家的老爹殷伯伯也动了这个脑子。两个人都吓得大叫，惊醒了所有的人。

胡刚的追悼会开得很隆重。胡刚人好，蒋专员讲完话之后还有不少好朋友哭着上台。

这是一九四三年的事，不久湘桂战争发生，蒋专员也就搭飞机走了。

后来，我离开了二队到赣州附近一个信丰县民众教育馆，跟大伙儿一起逃难，逃到一个很角落和边远的更小的寻乌县（毛主席写过寻乌县长冈乡调查，一九三三年），几几乎是眼前脚跟踩在桅杆上那么邪乎的刹那。

胜利了！你撑开耳朵听，日本投降了。抗日八年胜利了。真的？人不信，我回答："假的，我是你孙子！"

在北京，八几年，熟人晓得我在江西那段故事，要我给蒋经国画张画，画了。

王安石某阕词的意思：

"三十六陂春水，白头相（想）见江南。"

第二年又要给宋家姐妹画六张画，也画了。我得了不少钱。

那时候蒋经国正患病，画挂在客厅对面墙上，扶他看画，见到是我画的，哭了。

画面是不尽的水田，一道横着小河上有小船来往，彼岸一座座白墙黑瓦的房子，棵棵椿树陪着。

落款用黄牛还是黄永玉，忘了；还写了什么别的字，也忘了。另一次我因事去了香港，刚下飞机看到报上蒋方良去世，有点感动，也算相识一场。

二〇二三年二月

梦边

小时候讲起或想到"故乡",非常明确,没有第二个是这样子的。(包括儿时玩在一起的同伴,我们熟悉每一条腐蚀的台阶,让我们"办家家"。干净得不能再干净的街头街尾的角落。)

跟爹妈走亲戚回来,闭眼睛能摸到自己大门。

上学一路上闭眼闻得到黄丝烟铺,油炸洗沙粑粑,兵工厂,硝牛皮厂,鼻子耳朵带路,晓得走到哪里了。

如果不想当年身边的那些地方,长大在外,晚上睡不着回忆脚板走过的城,城城都不一样。山里是山里,海边是海边,一片片村子,一座座小城,一眼望不到边的中城、大城,都各有各的特别样子。听同学和朋友夸自己家乡好处的时候，都为他高兴，骄傲。

各人有各人的故乡，各人有各人甜蜜的回忆，那些小生活、小角落，永远永远不会再回来的"故乡"！

天下故乡各不相同！

我们的情感自小由那里萌发，很坚实，很顽固。你常会听到有人背后说人：

"他们那地方人的脾气原就是这样的嘛！"

百姓万家，同一个幼儿园培养出来硬物。

现在不太一样了，中国每块地方都兴盖洋房子了。初初还不觉得怎么样，十年八年以后，老城给洋房子"淹没"了。

拥挤在一座茶楼喝那个几十年没换味的老茶，讲一生旧之又旧的新闻；提着菜篮子在菜市场扯着嗓门买下两根葱；为了张家的狗李家的猫大清早口里含着牙刷吵将起来，挑着担子，推着车子叫卖松子糕喝酥油茶的……摆摊子卖馄饨、元宵的都不见了。都住到大楼里头去了，要不然远走他乡。你要找一个以前的熟人比较麻烦。

以前是平房。（顶多二层三层）一条条小街，顺街头到街尾，按号码一下就找到。那时候，一家一个门，讲究的是两扇，普通的一扇，一敲门里头就"应"，或者问："哪位？"或者晓得是熟人："来了！来了！"

里头有单独的院子，天晴，茶壶茶杯就端到院子的圆石桌子上，主客就在那里交谈，家境稍微从容些的，院子里有花，有葡萄架或是金鱼缸……

住到大楼里，前头说的玩意就没有了。

最近这几年，常听到有人说"乡愁"。

都是大高楼，你还"乡愁"个屁！

咱家乡有的是地方，可以到故乡以外去盖大高楼，既不妨碍经济发展，又不影响生活情感。

人家说湖北襄阳几个大区域，老地方还保持得很多，甚至还很有规模。这不能不让我暗流口水。李辉两口子一到春节就声称要回湖北，搭列车去甚至自己开车去。这是没话说的，牛皮太狠。五六千年的"大溪文化"发源，楚文化开端之处，又曾经是六朝古都。

清朝做仆役的人的儿子李玉写的那段《千忠戮》。一提到湖北，不免就会想起那段了不起的唱词，我试写出来看看：

收拾起大地山河一担装，四大皆空相。历

尽了渺渺程途，漠漠平林，垒垒高山，滚滚长江。

但见那寒云惨雾和愁织，受不尽苦雨凄风带怨长。

雄城壮，看江山无恙，谁识我一瓢一笠到襄阳。

这原是落魄皇帝一段唱词，如今反倒灌进读书人胸脯中来，尤其那最后一句。

总之，我没去过襄阳，老了，可惜；去了世界好多地方，就没去过湖北襄阳那一大片有意思的地方。

前几年看到韩美林为荆州设计的关公像，背后就说他好。抖出的架势，风神，尤其是把这么一座几十公尺高的关公像跟老百姓的日子混在一起。老百姓环拥在他老人家周围生活，心际得到平安。一年过去了，十年过去了，百年过去了，三百、五百、一千年过去了，关老爷这么伟大的雕塑成为古荆州的重要血肉部分。人家问你的籍贯，都会笑着答应：

"关老爷那边的！"

没有第二座城市那样做过，没有把关老爷雕塑做在荆州那么合适。想想，做好之后的文化历史分量。

听说，这雕塑工程停止了。又听说不是不做，只是

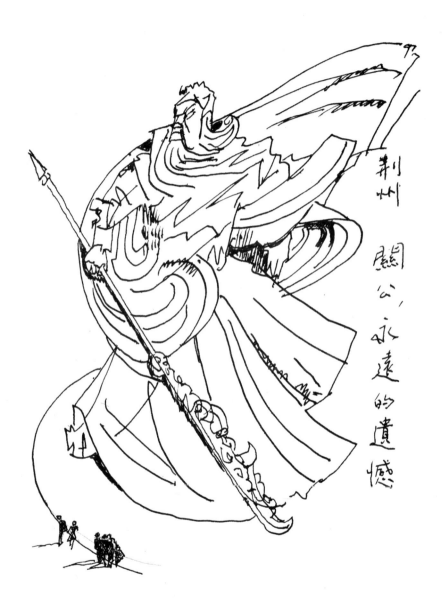

荆州

關公，永遠的遺憾

挪了挪位置放在某个偏僻点的地方……花了多少钱且毋论，就没想到雕塑家不是个个都有这种想法，这种手法；雕塑家也会老，也会受伤。以后你哪里找去？

二〇二三年二月一日北京

迟到的眼泪

萧桐今早上（二月八日）发消息来，铁柱在二〇二一年九月十四日晚十一时因病死在雅典，年七十四岁。

二〇二一年不是现在，现在才知道。为什么？

前几年来北京还好鲜鲜子。我只知道他一直在新加坡大学当教授，寄来一本厚厚的、谈中国古诗词美学的书，看起来学问做得很深。和黑妮还说，年纪一大把了，到今天还不讨老婆，以后怎么办？前几天吃晚饭还讲到他，不晓得他日子怎么过，唉！讲他这天，他早死了。

这人要是有事，他不会不告诉我们的；自己死了，没法通知了。

其实这人不是爱保密，只是凡事看得懒洋洋。比如讨

香港浅水湾海边，戴着救生圈的铁柱。
黄叔叔摄于 1949 年。

了老婆也不和我们说一声，连照个相的兴趣都没有，所以至今讨的那个老婆在哪里讨的？黑人还是黄人？即便跟他妈一样是个白人，我们都不知道。来信也不提。

几时答应在杭州中国美术学院做事？他死后我才知道。来太阳城好像上班回家，吃完饭没说几句话就一走了之，好像这个人一辈子没讲过长话似的；不是"似的"，他就是和我们没讲过长话。

他爸和洋婆子离婚以后讨的老婆叫做梅韬，由她照顾铁柱好长一段时间。后来离婚重新结婚生了不少可爱的新弟妹。铁柱也慢慢长大成小小少年，大概是住校。

有时他爸对我说："铁柱一个人孤单单，你们有时出去玩，带带他。"

以后我们全家出门"露营"都带着他。他个儿高，话少，饭量奇大。所有孩子饱得打嗝，剩下大量饭菜，梅溪问他："柱呀！你再来一下行不行？"

他呵了一声："嗳！"都吃光了。

记得我们去过香山，去过钓鱼台后头的大林子里，还去过几天十三陵。还有什么地方，记不起来了。

听以后传说，铁柱亲妈有一次到中国，要看看铁柱，

十三陵露营野餐，黄永玉摄于 1963 年。

左前黑蛮，其后为铁柱；中间黑妮；右后小弟（黄秉衡），右前大弟（黄秉权）。

萧乾没让看。

为什么不让看？怎么可以不让看？以后这几年我自己也忙，没有和铁柱见面。然后他就离开中国了。

我和铁柱妈从来没见过面。不懂英文，见了也没用。

一九四七年在上海，一听说萧乾生了个儿子，好开心，马上刻了张木刻祝贺，这木刻跟铁柱一齐出生，一齐长大经历磨难，一齐老去。铁柱没了，留下这木刻做纪念。

萧铁柱二〇二一年九月十四日，病逝于希腊雅典，年七十四岁。唉，唉，铁柱你怎么一下七十多了。

二〇二三年二月八日晨于北京太阳城

1947年春，上海启程去台湾之前知道铁柱出生了，马上开始刻《生命序曲》，木板带到台湾接着刻完的。

附：铁柱和黑妮的邮箱通信

黑妮：

昨晚一个偶然的机会，我在欧洲得知张阿姨去世的噩耗。虽然张阿姨毕竟九十八岁高龄了，但回想起从大雅宝胡同到北京站你们那个小家里张阿姨的音容笑貌，我还是非常悲痛。

你当然更加悲伤，但要节哀，特别要守在黄叔叔身旁帮他度过这段哀伤的时间。听听音乐吧，想想美丽的山水吧：凤凰的碧水、米兰以北阿尔卑斯山下的湖、黄山、十三陵那个山谷里一泓潭水，鸟兽在清晨来饮水……让这一切平复我们的哀伤。

几十年就这样子过去了，连我们都老了。你年初寄给我父亲当初那篇谈黄叔叔的小文，当初是怎样的情景？我想了很久。

祈愿黄叔叔健康！

铁柱

二〇二〇年五月十三日

铁柱兄：

我妈妈要是知道你有了家，该多高兴啊。在希腊好，安安静静的。小桐跟我微信了几次，他两个孩子跟黑蛮的差不多大了。言语中也不那么较真儿，能正视以往，也说除了父亲，没人疼哥哥……哥哥因此特别自重。

我爸那天说到去十三陵露营，是萧乾伯伯跟他说："你带带铁柱吧，他都不笑"……我们一家都希望你好好的。

祝好

黑妮

二〇二〇年五月十八日

黑妮：

收到你的信可谓万感交集。我年初说看到我父亲七十年前的小文有许多深思，是因为我从中有恍如隔世之感。

去十三陵应当是六四年吧，那时他说那样的话，真让我感动。他知道我可能会是他世上唯一的亲人。一个人出于本性，还需要颂扬吗？梅韬视我如己出。她何时想到过让谁知道？他去世的那天晚上，我从新加坡赶到，他见到我嘴不停地动，但已发不出声音。我一直在想：他在最后的时刻，要向我说些什么？

黄叔叔和张阿姨的家，是多么幸福，那是永远的童话世界，是与善良的梅花鹿、猫、狗一起的大森林。我还记得"文革"时走进你们在北京站那间小屋，里边是树墩做就的桌子和凳子，墙上挂着梅花鹿的头骨，周围有燕赵的陶器……俨然是七个矮人的林中小屋。生活在此的人充满童心和爱心，才称得上幸福！

说到这里，我想如果方便，请将张阿姨写的《林中小屋》的电子版寄来，我很想读。

顺祝

阖家平安

铁柱

二〇二〇年五月二十一日

黑妮：

　　谢谢你寄来的两幅贺岁卡，给我带来新春的快乐！愿这只牛能驱散鼠年的晦气！

　　我现在雅典，近半个月一直在生病，从胆结石到肋骨岔气，虽无大碍，但疼痛难忍，有三天不吃东西，不能看书，整日卧床。因为疫情，不敢去医院，怕再染疫。雅典冬天基本上都是阳光灿烂的日子，而荷兰有时两个月见不到太阳。所以，冬天我常待在这里，并开始尝试在海中冬泳和做日光浴。这次生病可能是吃了午饭就下海水所致。

　　相信这次疫情让我们都明白了许多事理。记得七十年代我去北京去接从湖北干校回京的我父亲，先到了你家，黄叔叔一再意味深长地说到"懂事"。过去一年我们都更"懂事"了。

　　祝黄叔叔牛年健康，画画和写作虽有益心情，但毕竟年事已高，不可过劳。也请你留心自己的健康！

　　祝全家安好！

　　　　　　　　　　　　　　　　　　　铁柱

　　　　　　　　　　　　　　　　二〇二一年二月十三日

图书在版编目（CIP）数据

还有谁谁谁／黄永玉著.——北京：作家出版社，2023.7

ISBN 978-7-5212-2324-8

Ⅰ.①还… Ⅱ.①黄… Ⅲ.①散文集－中国－当代 Ⅳ.①I267

中国国家版本馆CIP数据核字（2023）第091261号

还有谁谁谁

作　　者：黄永玉

责任编辑：姬小琴

装帧设计：瞿中华

责任印制：金志宏

图片整理：杨　超

出版发行：作家出版社有限公司

社　　址：北京农展馆南里10号　　邮　编：100125

电话传真：86-10-65067186（发行中心及邮购部）

　　　　　86-10-65004079（总编室）

E-mail: zuojia@zuojia.net.cn

http://www.zuojiachubanshe.com

印　　刷：北京盛通印刷股份有限公司

成品尺寸：140×203

字　　数：104千

印　　张：7.25

印　　数：1—30000

版　　次：2023年7月第1版

印　　次：2023年7月第1次印刷

ISBN 978-7-5212-2324-8

定　　价：58.00元